하나코는 없다

도서출판 아시아에서는 《바이링궐 에디션 한국 현대 소설》을 기획하여 한국의 우수한 문학을 주제별로 엄선해 국내외 독자들에게 소개합니다. 이 기획은 국내외 우수한 번역가들이 참여하여 원작의 품격을 최대한 살렸습니다. 문학을 통해 아시아의 정체성과 가치를 살피는 데 주력해 온 도서출판 아시아는 한국인의 삶을 넓고 깊게 이해하는 데 이 기획이 기여하기를 기대합니다.

Asia Publishers present some of the very best modern Korean literature to readers worldwide through its new Korean literature series 〈Bi-lingual Edition Modern Korean Literature〉. We are proud and happy to offer it in the most authoritative translation by renowned translators of Korean literature. We hope that this series helps to build solid bridges between citizens of the world and Koreans through rich in-depth understanding of Korea.

바이링궐 에디션 한국 현대 소설 013
Bi-lingual Edition Modern Korean Literature 013

The Last of Hanak'o

최윤

하나코는 없다

Ch'oe Yun

ASIA
PUBLISHERS

Contents

하나코는 없다

The Last of Hanak'o

폭풍이 이는 날에는 수로의 난간에 가까이 가는 것을 금하라. 그리고 안개, 특히 겨울 안개에 조심하라…… 그리고 미로 속으로 들어가라. 그것을 두려워할수록 길을 잃으리라.

로마에서의 일을 끝내자마자 그는 기차에 올라탔고 저녁 늦게 베네치아에 도착했다. 그리고 방향 잃은 호흡이 하얗게 서려 오는 새벽의 어느 창가에서 그는 이 환상에 가까운 팻말을 보았다. 여전히 정리되지 않은 환상을 헤매는 피곤한 꿈속에서였다.

그러나 그것은 이탈리아에 도착한 이래 그가 읽은 여러 여행 안내 책자 속의 단어들이 거의 무의식중에 조립된

It is forbidden to venture near the canal railing on stormy days. Take precautions in the fog, particularly the fog in winter... Then enter the labyrinth. And bear in mind, the more frightened you are the more lost you will be.

He had finished his business in Rome and taken the train to Venice, arriving after dark. Dreaming an exhausting dream, wandering among fantasies he had yet to confront, through a dawn window frosted with desultory breath he had seen this spectral sign, the words assembled by his unconscious from the travel guides he'd read since arriving in Italy.

He had awakened to find the train crossing the

것일 뿐.

그가 눈을 떴을 때 기차는 어둠 속에서 육지와 베네치아를 잇는 철로 다리를 달리고 있었다. 약간 설익은 어두움. 겨우 여덟 시를 넘겼을 뿐이다. 이윽고 베네치아 산타 루치아라는 진짜 팻말이 어둠 속에 떠오르며 기차는 역 안으로 들어섰다. 기차에서 내리는 사람들의 흐름을 따라 역을 나왔을 때…… 그는 서른두 살의 생애에 그가 본 것 중 가장 놀랍고 이상한 도시 앞에 있음을 알아차렸다. 무거운 장식을 머리에 이고 있는 건물들이 가득 떠 있는 도시, 그것은 침몰 직전의 거대한 유람선처럼 수로 위에서 흔들리고 있었다.

그러나 거기에는 난간도, 안개도 없었다.

숙소까지 태워 줄 작은 배에 오르면서 그는 서서히 여행 초기부터 그를 지배하던 이상한 최면 상태까지 깨어났다. 유령들처럼 말이 없는 승객들에 섞여 그는 혼자 중얼거렸다. 아, 이것이 베네치아군. 여기서 지금부터 뭘 한담?

이탈리아 거래처의 한 직원이 그의 부탁에 따라 예약해 둔 여인숙은 이 물과 안개의 도시, 구시가의 중심에서 멀지 않은 리알토 다리 근처에 위치해 있다고 했다. 고불고

steel bridge that connects Venice with the mainland. Outside was darkness, a darkness not quite ripe. It was barely eight o'clock. And then an actual sign rose out of the gloom, "Venezia, Santa Lucia," and the train rolled to a stop. He followed the stream of people detraining and emerged from the station.

Before him lay the most peculiar city he had ever visited in his thirty-two years. A floating city of buildings crowned with weighty ornaments, it swayed among the canals like a gigantic cruise ship on the verge of sinking.

But there was no railing and no fog.

As he boarded the small boat that would take him to his lodgings he awoke from the peculiar state of hypnosis that had gradually overtaken him since the start of his journey. The other passengers were silent as ghosts. "So this is Venice," he muttered to himself. "What now?"

At his request a room had been reserved for him by one of the suppliers in Rome at a *pensione* near the Rialto, not far from the center of this old city of water and fog. A small room that looked down on winding canals and a street lined with worn buildings that time had permeated with moisture, fading their ancient wall paintings. A man at the supplier's

불한 수로의 자락들, 그리고 누군가가 오래전에 그려 놓아 색이 바래고, 시간이라는 습기에 침윤되어 낡아 버린 건물들이 늘어서 있는 거리가 내려다보이는 작은 방. 거래처 직원은 한 번 그 여인숙에 머물렀던 적이 있다고 하면서, 괜찮다면 예약하겠노라고 했다. 물론 그는 반대할 이유가 없었다.

그는 이렇게 비현실적으로 베네치아에 와 있었다. 이탈리아에 도착한 이래 점점 잦아드는 용기를 길어 올리기 위해, 혹은 그의 용기를 부추기는 무언가에서 도망하는 것처럼.

모든 일은 갑작스럽게, 우연히 이루어졌다. 일상의 자리를 떠난 지가 기껏해야 나흘밖에 되지 않았음에도 그 가까운 어제가 몇 년 전의 시간처럼 느껴지는 허구에 가까운 여행의 시간.

여행의 시간으로는 정확하게 잴 수 없는 어느 날, K의 전화가 있었다. 족히 오륙 개월은 되었던 것 같다. 그때 그는 먼 출장에서 돌아왔다고 말했다. 고등학교 때부터의 친구. 대학 시절의 공범자이자 사회의 동업자. 그 자신과 K, 그리고 서너 명의 고등학교나 대학 동창들은 최소한 한 달에 두어 번은 만나게 되어 있었다. 서로 할 말이 딱

said he had stayed at this *pensione* and if it seemed acceptable he would go ahead and book a room.

Well, why not?

It seemed so unreal, being in Venice. What was he doing there? Mustering the courage that had been shrinking since his arrival in Italy? Or escaping that which was fanning his courage?

It was all so sudden, so coincidental. It had been four days at best since he had left his daily routine, but the surreal sense of time one experiences while traveling had made the previous day feel like several years ago.

One day—his perception of time was skewed now and he couldn't precisely date it—there had been a call from K. It could easily have been five or six months earlier. K had returned from a distant business trip, he had said. K, a friend from high school. A partner in crime during college, and then a partner in business. The two of them and a few others from high school and college had fallen into a routine of gathering a couple of times a month or more. Not that they had anything special to communicate, or were anxious to see one another, and most of them were engaged in different lines of work; it was simply that they were friends.

히 있지도 않고 그들 중 대부분은 서로 다른 일에 종사하고 있는 데다 꼭 서로를 열렬히 그리워하는 것도 아니지만, 친구니까. 때로는 그들 친구들끼리, 주말에 만날 때면 너 나 할 것 없이 아이 한둘을 매단 채 아내를 데리고, 건강식품 광고에 나오는 이상적인 가족 세트처럼. K가 출장에서 돌아왔다면 어찌 그에게 전화하지 않고 다시 일을 시작하겠는가. 그들은 물론 모자에 대해서 얘기했다. 그들의 사업 종목인 모자에 대해서. 모자에 대해서 얘기하면서 그들은 그 직업적 정보 속에 전달할 만한 것은 대충 다 전달한다. 하다못해 음담패설까지.

화학도 사회학도 모자와는 아무런 관계가 없었지만, 대학 졸업 후 취직한 한두 회사를 거치면서 그와 K는 각기, 어쩌다가, 아주 우연히 모자 전문가가 되었다. 그것이 고정적으로 만나는 그들 중에서 그와 K를 각별하게 맺어 주는 이유였다. 모자에 대해 얘기할 때 그들은 진지했다. 그들은 이제는 달리 할 말이 많지 않았기 때문에 제법 오랫동안 사업 얘기를 했다. 그렇지만 그 얘기가 조금 억지로 길어진다고 생각했던 것은 꼭 그 혼자 감지한 것은 아니었다. 그들은 그 정도로 서로를 잘 알고 있는 것이다. 그리고 K가 갑자기 말했다. 마치 우연히 생각이 났다는 듯이.

Occasionally these friends got together, and if it happened to be the weekend they all brought a kid or two along with the wife. They were like the model families you see in health food ads. If K had returned from a business trip, he couldn't very well get back to work without calling him first. Of course they had talked about hats—their line of business—and exchanged virtually all the business-related information worth passing on. And a few dirty jokes too.

Chemistry and sociology—their majors in college—had nothing to do with hats, but through sheer coincidence he and K, after stints at one or two other companies, had both settled on the hat business. This was the reason for the special connection between the two, among those others who met regularly. They were serious when they talked about hats. They didn't have much else to talk about now, and so they talked for quite some time about business, but the conversation was forced and overdrawn and he suspected that K felt the same?they knew each other better than that, and sure enough, K changed the subject. As if something had just occurred to him.

"Do you remember... Hanak'o?"

"하나코…… 말이야?"

"……?"

"누구한테 들었는데 하나코가 이탈리아에 있다는군."

"그래? 그런데?"

"그냥 그렇다는 거지. 혹 네가 궁금해할 것 같아서."

"왜 꼭 나야?"

"그래, 다들 궁금해하고 있을 거야. 조금쯤은."

누가, 언제, 어디서, 무엇을 하고 있는 하나코를 보았다는 것인지 하는 등의 자세한 내용을 내가 K에게 묻지 않은 것처럼, 그 소식을 전달한 사람이 누구든 K 또한 자세한 질문은 피했을 것이 틀림없으리라. 그들의 차가운 우아함은 이런 식의 예절을 잘도 배치할 줄 알았다. K와 그 사이에 잠깐 어색한 침묵이 흘렀지만 그는 상큼한 농담을 끝으로 적당히 전화 통화를 끝냈다. 그리고 며칠 뒤에 있은 술자리에서 K는 그 전화에 대해서 그에게는 물론 다른 친구들에게도 더 이상 한마디도 언급하지 않았다. 그도 그 전화 건을 까맣게 잊어버린 것처럼 굴었다. 그리고 나니 정말 잊어버린 것 같은 느낌이 들었다. 그리고는 정말로 그 작은 전화 건을 잊어버렸다.

늘 그렇듯이 그들은 술자리에서 토론이 되면, 곧바로

He made no response.

"Someone said she's in Italy."

"Really? And?"

"I'm just telling you. I thought you might have been wondering about her."

"Why me?"

"Well, don't you think everyone wonders about her—a little bit, anyway?"

Just like I didn't ask K for particulars—who had seen Hanak'o, when, where, what was she doing—I'm sure K avoided asking detailed questions of whoever had passed on the news, he told himself. Gracefully reserved, these two, they were well versed in the practice of etiquette. There was a brief, awkward silence but he salvaged the conversation with a spicy joke. And a few days later when they were drinking, K mentioned not a word of the phone call to the others or, of course, to him. He too acted as if the call had slipped his mind. Looking back, he felt he actually had forgotten it. And in truth he had.

As always when the discussion turned serious at their drinking parties, they grew animated bringing up examples of the world going to ruin, as if they had decided then and there to change the world.

세상이 바뀌기라고 할 것처럼, 잘못 돌아가는 세상의 이모저모를 들추어내며 잠시 열을 올렸다. 술자리의 열기가 식어 간다는 징조였다. 그들은 더 이상 젊지 않았고, 견고한 사회에서 조금씩 겁을 먹기 시작했고, 삶이 즐거울 수 있는 확실한 대책이 없었으며…… 그래서 그들은 자주 만났다.

하나코. 그것은 그들만의 암호였다. 한 여자를 지칭하기 위한 그들 사이의 암호.

한 여자가 있었다. 물론 그 여자에게도 이름이 있었다. 그 이름은 그들의 도시적 감성에는 그다지 매력적으로 다가오는 이름이 아니었다. 그렇다고 그 때문에 암호를 사용한 것은 아니다. 그리고 하나코 앞에서 그녀를 별명으로 부른 적도 없었다. 그들끼리만 모였을 때, 지루하고 전망 없는 하룻저녁 술자리에서 그녀를 지칭하느라 우연히 튀어나온 농담조의 이 별명이 암호가 되었다. 그들은 암호 만들기를 좋아하는 삶의 그리 밝지 못한 단계를 지나고 있었다. 약간씩의 차이는 있지만 그들은 대충 스물네댓 정도의 나이를 먹었고 모두들 대학 졸업을 앞둔 상태였다.

어느 날 그들 무리 중의 하나가 비슷한 나이 또래로 보

This was a sign that the party was winding down. They were no longer young; their monolithic society was ever more daunting, and they had no proven methods for taking pleasure from life... And so they met frequently.

They had their own code word. A code word for a woman. Hanak'o.

There was a woman. This woman had a name, to be sure, a name that did not exactly charm their metropolitan sensibility, but this was not the reason for their code word. And not once had they used that nickname to her face. It was the evening of a tedious, pointless day when the usual group were drinking that the nickname—a spur-of-the-moment joke—became their code word. They were passing through one of life's darker stages and enjoyed creating code words. Most of the group were in their early twenties and all were approaching graduation from college.

Some time earlier one of the group had introduced a college woman who appeared to be of similar age. A woman of unusually small stature, whose soft voice blended well with theirs in conversation, who liked to tilt her head to the left and with utter gravity and an earnest expression pose questions to

이는 한 여대생을 소개했다. 키가 유난히 작고, 낮은 목소리로 그들의 대화에 무리없이 끼어들고, 이마를 왼쪽으로 기웃하면서, 가끔 논리를 벗어난 그들의 객기에 대해 진지한 표정으로 아주 심각하게 질문을 던지는 여자.

"왜 그렇게 생각하죠?"라든지,

혹은 약간 우울한 눈을 하고,

"아마 우리가 모두 젊기 때문에 그럴 거예요. 어떻게 그 젊음을 써야 할지 모르기 때문에 말이죠."

같은 말을 해서 그들 모두를 당황케 만들던 여자가 하나코였다.

그러나 이제 와서는 많은 것이 불분명하다. 그게 정확하게 언제였던지, 어떤 모임이 계기가 되었던 것인지, 그녀를 그들에게 소개한 것이 P였던지 Y였던지 아니면 그도 저도 아닌, 지금은 그들에게서 멀어진 그 시절에 알고 지내던 어떤 누구였던지…….

그래, 그녀는 코가 아주 예뻤다. 그녀의 용모가 그다지 눈에 띄지 않는 어떤 분위기를 전달하는 반면, 그녀의 코 하나는 정말 예뻤다. 정면에서 보건, 옆에서 보건 일품인 코를 가진 여자. 그래서 붙여진 별명, 하나코. 그러나 이 암호는 그들과 어울려 다니던 시절에 만들어진 것은 아니

them when bravado got the best of their logic.

"Why do you think that way?" she would ask. Or she would say, her eyes tinged with melancholy, something like, "It's because we're all young—I mean, we don't know what to do with our youth." And so on, embarrassing them all. That was Hanak'o.

So much of it is murky now, he told himself. When was it exactly, which of our gatherings had provided the occasion, and who had introduced her—was it P, or Y, was it K, or me, was it someone else we knew at the time, someone who's since grown distant?

Yes, she had the prettiest nose. Her features in general conveyed no particular mood; they didn't make you sit up and take notice. But that nose of hers: now *that* was pretty. Seen from head on or in profile, it was a thing of beauty. And thus her nickname, Hanak'o—The Nose. But this code word had yet to be formalized during that stage of their gatherings. And before she was permanently stuck with this nickname, the first thing that came to mind when you thought of her was not necessarily her nose. That she was now called Hanak'o was the result of a mistake they all wanted to hide. A small

었다. 그리고 이 별명이 붙여지기 전에, 그녀를 생각하면서 맨 먼저 떠올리는 것이 그녀의 코는 분명 아니었다. 그녀의 별명이 하나코가 된 데는 숨기고 싶은 그들 모두의 실수가 있었다. 아무도 꼼꼼히 되돌아보고 싶지도 않으며, 더욱이 인정하기 싫은 취기 속에서 일어난, 많은 사실들을 숨기고 있었던 작은 실수. 이렇게 별명으로 불러야 마음이 편한 상대를 누구나 한 명쯤 숨겨 가지고 있다면, 그들에게 그 대상은 하나코였다.

대부분 고등학교 때부터의 동창이었던 그들은 취직 시험을 앞둔 대학 마지막 해에는 거의 매일같이 만나 취직 공부를 했으며, 사회 초년생 시절에도 분주하게 핑계를 만들어 자주 모였다. 가끔, 한 달에 한두 번쯤 그들 중의 누군가가 하나코에게 전화를 걸었고, 그녀는 혼자 혹은 이 세상에 하나밖에 없는 것 같던 늘 똑같은 여자 친구 한 명을 대동하고 그들의 모임에 합세하곤 했다. 지금은 이름조차 기억나지 않는 하나코의 친구에 대해 남은 기억은, 그녀가 한 번도 모임의 끝까지 남은 적이 없었다는 정도가 다였다. 집이 멀다든가 하는 이유로 모임의 분위기가 무르익으려고 하면 그녀는 하나코의 귀에 몇 마디 말을 던지고는, 그녀가 타는 지하철이 호박으로 변할 것을 두

mistake that hid many truths, that had arisen in drunkenness, that no one wanted to admit or even retrace thoroughly. We all have a secret person we can't deal with comfortably without a nickname, and for them that person was Hanak'o.

Most of them had been classmates since high school, and in their last year of college, with employment tests and job interviews awaiting them, they met almost daily to prepare. And during their company apprenticeship they manufactured any excuse to gather. Once or twice a month one of them would call Hanak'o and she, alone or accompanied by a friend—always the same friend, it seemed she had no other—would join them. He had no memories of this friend, not even her name. His only recollection was that she had never remained to the end of the evening. Just when the gathering seemed to be developing momentum she would excuse herself, saying she lived far away, then whisper a few words into Hanak'o's ear and rush out, Cinderella-like, as if afraid her subway was about to turn into a pumpkin. None of them made even a pretense of detaining her. For the one who drew their attention was not this silent woman but Hanak'o, she of the occasional witty joke, she

려워하는 신데렐라처럼 황급히 자리를 떴다. 어느 누구도 비록 빈말이라도 그녀를 붙잡지 않았다. 그들의 관심을 끈 것은 말이 없던 그녀보다는 가끔 재치 있는 농담도 하고, 모든 대화에서 오호! 하는 감탄사까지 유발시키는 발언을 나직나직한 목소리로 할 줄 아는 하나코였다.

그들 모임에 분위기 쇄신이 필요할 때라든가, 각자 사귀고 있던 여자와의 까다로운 심리전에 지쳐 있을 때, 또는 그렇고 그런 각자의 얼굴에 조금은 싫증이 나지만 안 볼 수 없는 관성 때문에 만나서 술잔이나 기울이게 되는 그런 모임이 있을 때 그들은 하나코에게 전화를 걸었다. 전화를 받으면 그녀는 늘 흔쾌히 그들과의 만남을 수락했으며, 기억하건대 한 번도 설득되지 않을 만한 이유로 그들의 제안을 거절한 일이 없었다. 뭐 생리통이라든가, 고향 친구가 와 있다거나 하는 어쩔 수 없는 이유들이었다. 그것이 진짜건 가짜건 무슨 차이가 있겠는가. 그녀의 어조는 늘 진지했고, 그들은 박물관에나 넣어 둘 만한 그 진지함을 재미있게 생각했으며 예상외로 잘 설득되었다. 사회 초년생이 되면서 그들은 더 자주 만났다.

그들은 그녀에 대해 아는 것이 거의 없었다. 어떤 대학에서 미술을 전공했다는 것 외에 그녀가 그림을 그리는지,

whose remarks, even those that brought exclamations, were invariably delivered in a gentle voice.

When a change of atmosphere became necessary for their gatherings, when they tired of the psychological warfare with their fussy girlfriends, or when they grew weary of the same old faces but met nonetheless to tilt a glass of beer—these were the times they called Hanak'o. She willingly accepted their invitations, and to the best of his memory she had never turned them down for a reason that was less than plausible. If she couldn't attend it was because she had menstrual cramps, or a friend from back home was visiting. True or not, it didn't matter—her tone was always sincere. They considered her sincerity curiously interesting, worthy of appreciation, and contrary to their expectations they found her persuasive. They saw her more frequently after they began their company apprenticeships.

They knew little about her. She was a fine arts major, but whether she painted, sculpted, or both, they weren't sure. No one in their circle was well versed in the arts, and so the occasional particulars she revealed to them sounded quite vague. They knew the word *matière*, but not until after college did they feel compelled to know why it was impor-

조각을 하는지, 혹은 이런 모든 것을 다 하는지, 알지 못했던 것이다. 그들 주변에는 이 방면에 정통한 사람이 없었기 때문에 가끔 그녀가 밝힌 사항들은 그들에게 매우 막연하게 들렸다. 그들은 마티에르라는 단어를 알고 있었지만 대학을 졸업하고 난 다음까지 왜 돌과 흙과 나무를 그렇게 중요하게 구분해야 하는지 깊게 알고 싶지 않았다. 그녀의 집안에 대해서는 더 말할 것도 없고, 그들이 알고 있는 것은 단지 그녀의 전화번호와 가끔 도착하는 편지봉투에 적힌 주소뿐이었다. 그들이 그녀를 알고 지내던 몇 년 동안에도 그녀의 주소는 여러 번 바뀌었거나 아니면 그녀는 동시에 여러 군데 주소를 가지고 있었다. 한 번은 기숙사였고, 때로는 ×××씨 댁이었고, 한 번은 ○○아틀리에…… 이런 식이었다.

조금 이상하게 느껴질 수도 있었던 이런 그녀의 일상사는 어쩌면 한 번도 그들의 궁금증을 자극하지 않았다. 오히려 그런 것이 하나코에게는 아주 자연스럽게 보여 궁금증을 표현하기가 멋쩍어졌다고나 할까.

그들의 모임에 여성이 끼어든 것이 하나코가 처음은 아니었지만 하나코만큼, 모임의 균형을 깨지 않으면서 오래, 지속적으로 만나게 되는 여성은 많지 않았다. 왜 그랬을

tant to distinguish among stone, earth, and wood. Her family life was a blank; all they knew was her telephone number and the address jotted on the occasional letter that reached them. During the few years they knew her, either her address had changed on various occasions or she was using several addresses simultaneously. Once it was a dormitory, often it was in care of so-and-so, once it was a certain studio, and so forth.

For some reason her lifestyle, which could have seemed a bit strange, never stimulated their curiosity. Or might they instead have felt awkward attempting to express to her their curiosity when that lifestyle seemed completely natural to her?

Hanak'o was not the first woman to join their gatherings, but there were few women who lasted as long as she did without upsetting the balance of the meetings. He wondered why that was. Was it the unobtrusive way that she remained beside them, like the air or a comfortable temperature, before disappearing? Until that incident, after which she disappeared once and for all? Yes, until then she was an unobtrusive presence, and none of them expected for a moment that one day she would vanish to some unknown place where she would

까. 그녀가 마치 공기나 혹은 적당한 온기처럼 늘, 흔적 없이 그들 옆에 있다가는 사라져 버렸기 때문이었을까. 그 일이 일어나 그녀가 아주 그들의 모임에서 사라져 버리기까지. 그래, 그때까지 그녀는 그렇게 늘 없는 듯 있었고, 어느 누구도 그녀가 어느 날 그들의 부름에 대답하지 못할 미지의 곳으로 사라져 버리리라고는 한순간도 생각해 본 적이 없었다.

그는 역 근처에서 지도를 한 장 사 들고 이탈리아인 동업자가 적어 준 여인숙의 위치를 찾았다. 바포레토라고 불리는 배를 타고 리알토에서 내려 다리를 건너지 말고 왼쪽으로 왼쪽으로 도십시오……. 그는 하루 종일을 기차 안에서 보낸 터여서 지칠 대로 지쳐 있었다. 이탈리아에 도착한 이래 쉴 시간이 없었거니와 서울을 떠나던 당시의, 조금은 탐닉적인 구석이 없지 않은 우울이 어디를 가든 질기게 좇아다녔다. 그는 정거장에 배가 도착할 때마다 밧줄을 능숙하게 풀었다가 되감는 멋진 옆얼굴의 청년 옆에 서서, 물 위에 떠 있는 건물들을 멍하니 바라보았다. 따뜻한 오렌지 빛깔의 조명에 비추어진 건물들의 내부가 초겨울의 습기 찬 대기를 더욱 스산하게 만들고 있었다.

대체 이 생판 모르는 나라, 생판 모르는 도시에서 이틀

fail to answer their call.

With the map he had bought near the station he located the inn that the man in Rome had recommended. "Take the vaporetto, get out at the Rialto but don't cross the bridge, and then take two lefts..." He'd spent the entire day on the train and was exhausted. There'd been no rest since his arrival in Italy, and the melancholy he'd almost been savoring when he left Seoul had pursued him all along. He stood beside a youth with a handsome profile who skillfully brought in the line and secured it whenever a boat arrived at the dock. As he gazed at the buildings floating on the water, the warm orange glow of the lights inside them deepened the gloom he felt in this chill, moist air of early winter.

What the hell am I supposed to do for two days here? Don't know a damn thing about the city or the country. Maybe I should go on a tour.

"Listen—no matter how busy you are, you've got to see Venice." That's what K had said after going to Italy and making contact with the suppliers.

Yes, he thought. Everyone wants to come at least once to Venice. A city preferred by newlyweds and lovers. A desolate smile briefly played about his

동안이나 무엇을 한담. 관광? 야, 아무리 바빠도 베네치아는 꼭 다녀오라구. 먼저 거래선을 트고 이탈리아를 다녀갔던 K의 말이었다. 그렇지. 누구나 한 번 정도는 베네치아에 오고 싶어 한다. 특히 사랑에 빠진 남녀나 신혼부부가 가장 가고 싶어 하는 도시 중의 하나라는 베네치아. 그의 입가에 씁쓸한 미소가 떠올랐다가 사라졌다. 마치 모든 것이 서서히 바다에 빠져들 것만 같은 느낌을 주는 이 도시에서 그가 상상할 수 있는 것은 아주 어두운 것들뿐이었다. 그렇지만 그가 새롭게 튼 이탈리아 거래처와의 일의 첫 단계를 마무리하자마자 베네치아행을 결정했다면, 그것은 K의 조언 때문만은 아니었다. 그의 목적지는 이 도시가 아니었다. 이 도시에서 아주 가까운 또 다른 도시의 한 주소였다.

다리를 건너지 말고, 왼쪽으로 돌고, 또 돌면…… 이후 이틀 동안 지루할 정도로 보게 될 낡은 사 층짜리 건물에 이틀 밤이 예약된 여인숙, 펜치오네 알베르고 게라토. 거기에는 다리 저는 여자가 이탈리어, 영어, 프랑스어, 삼 개 국어를 자유자재로 구사하면서 무섭도록 커다란 개를 한 마리 데리고 근무하고 있었다.

그 여인이 안내해 준 방은 삼 층의 7번. 상사 사람의 말

lips. All he could imagine in Venice, this city that made him feel as if everything were slowly sinking into the sea, were dark, dark things. But it wasn't just K's suggestion that had spurred him to come here. His objective wasn't Venice. It was an address in another city very close by.

"Don't cross the bridge, but instead take a left, then another left..." Albergo Guerrato, the pensione where he was booked for two nights, was an old, four-story building he was sure he would grow tired of seeing over the next two days. A woman with a limp who owned a frighteningly large dog worked there. She had a good command of Italian, English, and French.

The room to which she guided him was number 7 on the third floor. According to the man in Rome, the room looked down on a cozy street that was worth viewing for its colorful daytime array of fruits and vegetables. Somewhat farther off were the Canalazzo and the partly hidden, lamplit Rialto. In the still of the night the street was empty. Infrequently he heard young people laughing in the distance, but the laughter was there one moment and gone the next. And very near, the peaceful hiss of boats slicing through water aroused in him an

대로라면 그 여인숙의 방에서는, 낮에는 색색의 과일과 야채상이 늘어서서 볼거리를 제공해 준다는 아담한 거리가 내려다보였다. 좀 더 멀리에는 중앙 수로와 약간 숨어서 부분만이 내보이는 불 밝혀진 리알토 다리도. 한적한 밤 시간, 거리는 완벽히 비어 있었다. 멀리서 한두 번 젊은 웃음소리가 투명하게 울렸다가는 여운 없이 사라졌다. 그리고 아주 가까이에서는 배가 지나가면서 물살을 가르는, 이상한 외로움을 자극하는 평화로운 소리. 저처럼 부드러이, 곤두선 삶의 비늘들을 쓸어 줄 얼굴이 있다면. 왜, 이렇게, 어디를 가나 무너지는 소리뿐이람. 서른 살이 넘어 갑자기 방문한 감상에 그는 확실히 당황하고 있었다.

그들은 하나코의 신상에 대해 아는 것이 많지 않았다. 대학을 졸업하기 전에는 동급생들과 함께 미술 학원에서 아이들을 가르친 적이 있다는 것 외에, 정확히 생계를 어떻게 꾸려 가고 있는지, 혈액형이라든지 형제가 몇이나 되는지…… 이런 것들을 한 번도 그녀에게 터놓고 물어본 적이 없는 것이 이상했다. 설령 그 비슷한 일이 화제에 오를 때면 꼭 일부러 그랬던 것처럼 그녀는, 자신의 일로 시간을 소비해 버리기가 아깝기라도 한 것처럼, 자연스럽게 다른 방향으로 말머리를 돌리기도 했다.

odd loneliness. If only there were a face, a person who could caress the tense scales of life as gently as that... Why, wherever he went, did he hear something crumbling? He was past thirty, and this sudden visitation of sentiment baffled him.

They knew little about Hanak'o. Strangely enough, apart from learning that she had taught children at an art institute with some college classmates before graduation, they had never openly questioned her about herself—what she did for a living, what her blood type was, if she had brothers and sisters. And if something remotely similar to such topics came up in conversation, she was sure to nonchalantly steer the discussion elsewhere. She seemed to do this on purpose, as if she felt time spent talking about herself would be wasted for the others.

But now that he thought about it, he seemed to recall her saying she had majored in sculpture. And he remembered her face when she added, smiling, that her sculpting experience actually consisted of working as an assistant for a famous sculptor, wrestling with blocks of stone three or four times taller than she. Hanak'o really was no bigger than a child, and none of them, even in their imagination, could visualize this rare disclosure from her. They

그러고 보니, 한 번쯤 그녀의 전공이 조각이라는 정도의 얘기를 들은 적이 있는 듯하다. 그렇다고는 해도 그저 명성 있는 조각가 밑에서 조수로 일을 도와주고 있는 정도라고 웃으며 덧붙이던 얼굴도 생각난다. 자신의 키보다 서너 배가 더 큰 돌덩이와 씨름한다고. 사실 그녀의 키는 유아처럼 작았기에 어느 누구도 그녀의 이 드문 신상 발언을 상상 속에서나마 구체적으로 떠올리지 않았다. 삼 년 남짓한 그들의 교류 기간 동안 그녀가 자신에 관계된 일로 그들 모임에서 주의를 끈 적은 없었다. 늘 동일한 표정. 나탈리 우드의 코를 꼭 닮은 그녀의 코가 돋보이도록 약 사십오 도 각도로 허공을 향해 비스듬히 치켜든 얼굴. 그것이 다였다.

자그마한 방. 이탈리아에 도착한 이래 자주 보게 된, 모퉁이에 부조가 새겨진 높은 천장, 그는 잠시 전화기 앞에서 망설였다. 수화기를 들고 잠시 웅 하는 소리를 듣고 있다가 다시 놓았다. 지구의 저쪽 편은 아마도 대낮. 그리고 그만큼이나 거리가 나 버린 아내와의 삶. 사 년이라는 시간이 무색할 정도의 가속도로. 처음에는 제법 진지한 대화도 있었다. 실존이니, 가치관이니, 공유니 하는 단어들을 섞은 고상한 공방전은 아주 빨리 적나라한 언쟁이 되

had known her a little over three years, but during their gatherings she had never drawn attention to anything related to herself. Always the same expression. The face lifted up slightly askew at a forty-five-degree angle so that her Natalie Wood nose was prominent. And that was all.

The room was quite small but had a high ceiling with projecting molded corners, the kind of ceiling he'd seen several times since arriving in Italy. He lingered briefly in front of the telephone, then lifted the receiver, listened momentarily to the dial tone, and replaced it. Was it daytime on the other side of the globe? That's how far away his life with his wife was. In four years' time the widening of that distance had accelerated shamefully. In the beginning there had been rather sincere conversation. But their seesaw debates couched in such lofty expressions as *existence*, *value system*, and *joint property* quickly became outright arguments. The purchase of the most trivial item or his habit of squeezing the toothpaste tube from the middle or allowing a trace of smoke to continue from a cigarette he had crushed out—these trifling matters produced quarrels that provoked them to deny each other's very being and shook them to their roots.

었다. 시시껄렁한 물건 구입이나 중간부터 치약을 짠다든지, 또는 늘 조금은 연기가 풍기게 담배를 비벼 끄는 그의 습관 같은 사소한 일을 두고 생겨나는 말다툼이 단번에 두 사람의 온 존재를 부정하고 뿌리에서부터 뒤흔든다.

모든 단어들이 어디론가 증발해 버린 것처럼, 서로가 굳건히 지키는 침묵이 트집이 된, 그들 사이의 마지막 불화는…… 완전히 침묵 전의 고함처럼 격렬하고도 길게 계속됐다. 그 일이 아니었더라도 얼마든지 찾아질 수 있는 다른 원인들. 서로를 부정하기 위해 필수 불가결한 정기적인 말다툼. 그러고도 세상에 대한 연극은 계속된다. 부부 동반으로 친척을 방문하고, 모임에 참가하며, 극이 끝나면 다시 냉전에 들어가는 나날들.

만약 그런 불화가 없었더라도, 아무것도 아닐 수 있는 가장 진부하고 지루한, 서로의 약점이 가장 비화되어 드러나는 그런 불화가 없었더라도 그는 이탈리아 출장을 서둘러 맡았을까. 아침에 출근한 그 차림으로, 집에는 알리지도 않고, 몰래 도망치듯 엉성하게 채워진 여행 가방을 들고 출장을 떠났을까. 그는 작게 고개를 흔들었다. 만약 그랬더라도 그는 하나코의 소식을 기억해 냈을까. 그리고 아주 비밀스럽게, 그가 알고 있던 그녀의 친지를 수소문

The final disagreement, caused by the firm silence, the fault-finding vigilance they kept toward each other, as if their vocabularies had evaporated, was violent and long-standing, like a howl followed by absolute stillness. If not that cause, any other would have sufficed. There were the inevitable periodic disputes they held in order to reject each other. And all along, their play-acting toward the world continued. Together as husband and wife they visited relatives and attended social functions and when the play was over they returned to their cold war.

Would he have taken this business trip to Italy in such a hurry if there hadn't been that discord, those petty, tiresome disagreements that left their inadequacies exposed in the most degrading manner? Would he have left without telling anyone, as if escaping, dressed as when he went to work, with only a travel bag clumsily thrown together? He shook his head without conviction. If there had been no disagreements, would he have recalled what K had said about Hanak'o? Would he have approached with utmost secrecy those of her relatives he knew, and through these and other people, and over the course of several days, obtained her address in Italy?

하고, 여러 날 여러 사람을 거쳐서 그녀의 이탈리아 주소를 알아냈을까.

그는 절대 비밀문서를 손에 넣기라도 하듯이 단계적으로, 하나코의 현재 주소를 수소문하는 데 바쳤던 시간을 약간은 흔쾌한 기분으로 다시 생각했다. 만약 아내가 그의 이탈리아 출장의 진의를 알게 되었을 때의 표정을 떠올리며, 그렇지만 그다지 강한 보상의 느낌은 아니었다. 그런 상상으로 기분이 전환되기엔 그들이 상대편에게 가지고 있는 무감각의 악의가 너무 두터웠다. 상대편과의 말다툼은 하나의 구차한 핑계일 뿐, 어느 누구도 이렇게 어긋난 관계가 수시로 만들어 내는 불안과 불화에 능숙하게 대처하지 못한다. 하고 나서 후회가 될 만큼.

대체 여기서 무엇을 하고 있는 건지. 이곳에서의 이틀을 무엇을 하며 보내야 한담. 그는 시큰둥하게 중얼거리면서 안내 책자를 여행 가방에서 꺼내 들고 침대에 누웠다. 더 공허하게 높아지는 천장. 더 멀어지는 지구의 저쪽. 그는 서서히 잠이 들었다. 이렇게 최소한 열 시간 정도는 탈 없이 지나가겠지.

이튿날 아침의…… 창밖은 온통 소란스러운 안개였다. 여행 안내서에 써진 바로 그대로. 그리고 거래처의 직원

He thought with a hint of pleasure, as if he possessed a top-secret file, of the hours he had devoted to tracing Hanak'o's address. And he tried to imagine the expression on his wife's face if she were to learn the true intent behind his trip to Italy. But the feeling of compensation he gained thereby was not so rewarding. Their malicious insensitivity toward each other was too deep for him to divert his mood through such fancies. Their quarrels were a shabby excuse for the fact that neither of them could deal skillfully with the frequent anxieties and disagreements that had twisted their relationship. If it had been otherwise, regret would have followed their quarrels.

"What the hell am I doing here? And what am I supposed to do the next two days?" Muttering, he produced a guidebook from his bag and lay down on the bed. The ceiling receded higher toward nothingness. The other side of the globe felt more distant. He gradually fell asleep, thinking he wouldn't be troubled for at least ten hours.

He awoke the next morning to a noisy fog outside the window. Just as the guidebook had said. And just as the man at the supplier's in Rome had said, both sides of the street directly below were packed

이 설명해 준 바로 그대로 창문 바로 밑의 길 양편에는 어느새 아침 야채 시장의 좌판이 촘촘히 들어차 있었다. 그는 창문을 열어 놓은 채로 식당으로 내려갔다. 이른 시간이어서인지 식당 안에는 서너 명만이 낮은 목소리로 속살거리며 아침 식사를 하고 있을 뿐이었다. 미국 젊은이들로 보이는 그들은 날씨에 대해 얘기하던 중이었던지, 낮이면 날씨가 맑을 거라고 그들을 안심시키는 주인 여자의 건조한 목소리가 들렸다. 커피 두 잔, 토스트 한 장. 그의 주문은 간단했고 식사를 마치자 이상한 피곤감으로 그는 서둘러 다시 방으로 돌아왔다. 아침 여덟 시. 마음속의 서울은 전날 밤.

그는 여행 안내 책자의 펼쳐진 면에 커다란 활자로 인쇄된 산마르코 광장, 토르첼로, 살루테…… 같은 단어들에 멍하니 시선을 주었다. 혼자 하는 여행은 질색이군, 그는 생각했다. 그가 한 출장 여행 중 이렇게 이틀간의 공백이 온전하게 생겼던 것은 이번이 처음이었다. 마치 일부러 그런 것처럼. 대체 그가 혼자 하는 여행이 이번이 처음이 아니던가. 늘 공무였고, 그렇지 않으면 몰려서 하는 여행이었다. 빠르게 머릿속에 떠오르는 얼굴들, 아내, 친구, 동료 어느 누구의 얼굴도 그가 바라는 가상의 여행 동반

with the displays of the morning produce market. He left the window open and went down to the dining room. It was early and only a few of the guests were having breakfast. They were young and looked American, and they spoke in undertones, perhaps about the weather, for the woman who operated the *pensione* could be heard reassuring them in her husky voice that the skies would clear later in the day. Two cups of coffee and a slice of toast: a simple order, and once he was done he returned to his room, oddly tired. Eight a.m. In the Seoul of his imagination it was the previous night.

He gazed vacantly at the names in large type in the guidebook that lay open before him—Piazza San Marco, Torcello, Salute... He decided that he hated traveling by himself. In all of his business trips this was the first time he had a two-day void to fill. It was almost as if he had planned it that way. But hell, this was, after all, the first time he had traveled alone. Before, it was always business, or else he was part of a tour group. A succession of faces surfaced rapidly in his mind—his wife, friends, colleagues at work—but in terms of a hoped-for traveling companion, none lingered in his brain for more than a second. And then the silhouette of

자의 모습으로 일 초 이상 뇌리에 머무르지 못했다. 먼 그림자처럼 어두운 강변을 걷는 하나코의 뒷모습이 역광으로 슬쩍 스쳐 지나갔다. 여행 시즌이 아닐 때, 베네치아만큼 관광 명소의 개장 시간이 맘대로인 데도 없더라구. 하나라도 더 보려면 아침을 이용해. 세 시 이후면 다 닫히니까. 늘 정력적인 정보의 소비자인 K의 목소리가 바래져 귀에 울렸다.

그는 전화기를 들었다. 그리고 수첩에서, 방심한 듯이 아무렇게나 쓰인 전화번호가 적혀져 있는 면을 펼쳐 들었다. 서울의 전화번호가 아닌 하나코의 전화번호.

그냥 사업상 왔다가 그녀 소식을 들었다고 하지. 그때 있었던 그 작은 불편한 사건, 그런 정도의 일은 지금쯤 아마 다 잊었을 거야.

처음으로 그는 하나코가 이 지구 반대편의 나라에서 무엇을 하고 있을까 하는 가벼운 궁금증이 일었다. 그의 기억으로 하나코가 이탈리아에 친척이나 친구가 있다거나, 그들이 좀 더 젊었을 때 이 나라 말을 배운다거나 했다는 말은 들어 본 적이 없었다. 하기는 자신도 그런 이유로 이 나라에 와 있는 것은 아니지만. 그는 최소한 네 명의 사람을 거치면서 하나코의 주소와 전화번호를 수소문할 수 있

Hanak'o walking off along a riverbank at twilight flashed through his mind like a distant shadow. "It's hard to predict the hours at the tourist attractions there during the off-season. But if you want to squeeze more into your schedule you have to get an early start—after three o'clock everything closes down." The voice of K, a passionate consumer of information, echoed faintly in his ear.

He picked up the telephone, then opened his address book to a phone number that had been jotted down almost as an afterthought. Not a number in Seoul, but Hanak'o's number.

I'll just tell her I'm here on business and her name came up, he told himself. Maybe she's forgotten that little unpleasantness back then.

For the first time he was faintly curious about what Hanak'o was doing here on the far side of the globe. If memory served him correctly, he had never heard it mentioned that she had family or friends in Italy or that she had studied Italian. But then those weren't the reasons he had come here, either. Obtaining her address and phone number had involved contacting at least four people. True, he could have gone about it more efficiently. But he didn't wish to identify himself during his search,

었다. 물론 그는 더 빠른 방법을 택할 수도 있었다. 그러나 그의 신원을 구태여 밝히면서 그녀의 소재를 파악하기 싫었고, 그러느라 정작 하나코의 연락처를 알려 준, 그녀의 동창이라는 불친절한 목소리의 남자에게 그녀의 근황에 대한 솔직한 질문을 던질 수가 없었던 것이다.

전화번호는 베네치아에서 약 한 시간 정도 기차로 가야 하는 작은 도시의 지역 번호를 달고 있었다. 아주 작은 도시라는데, 그녀는 거기서 뭐 하는 걸까. 왜 그는 그 순간 수도원이나 혹은 그 비슷한 정적의 공간이 뇌리에 떠올랐는지 알 수가 없었다. 골목만 바꾸어도 모습을 드러내는 무수한 성당들 때문일까. 꼭 수녀는 아니라고 해도 그 비슷한 어떤 모습의 그녀. 그렇지만 그 그림의 자리에 구체적으로 떠오르는 그녀의 얼굴이 들어섰을 때 그는 작은 불편함을 맛보았다. 예전에 여러 번 느껴 본 그런 느낌이지만 생소하기는 여전히 마찬가지였다. 기분이 슬쩍 구겨지고 짜증이 뒤섞이는 그런 생소함.

그는 수화기를 들어 외부로 연결되는 번호를 누르고…… 이후 단번에 일곱 개의 번호를 재빨리 눌렀다. 신호가 가고…… 신호가 계속되고…… 아마도 빈 공간에 울리고 있을 그 신호음에서 어떤 전언을 해독하려는 사람처

and the unfriendly tone of the man who had finally given him the desired information, who had said he was her classmate, had discouraged direct inquiries about her present situation.

The area code was that of a small city about an hour by train from Venice. It was supposed to be a tiny city; what could she be doing there? At that moment—and he had no idea why—the thought of a nunnery or a similarly still place came to mind. Maybe it's all the churches, he thought. Seems like there's one down every alley. Maybe she's not exactly a nun, but something similar. But when her face actually took its place in this mental picture, it didn't sit quite right with him. He'd had the same feeling several times before and had never been able to pinpoint it. Something vaguely unfamiliar that irritated him and soured his mood.

He obtained an outside line... then punched in the numbers all at once. A ring... continued ringing... He concentrated on the regular, repetitive rhythm as if it offered some sort of message he must decipher. No answer. Was it too early? By his watch it was past eight-thirty. With the light heart of someone putting off homework he wanted to postpone, he gently replaced the receiver.

럼 그는 그 반복적이고 규칙적인 리듬에 귀를 기울였다. 아무도 전화를 받지 않았다. 너무 이른 시간인가. 시계는 여덟 시 반을 넘고 있었다. 그는 슬며시 수화기를 내려놓았다. 마치 미루고 싶은 숙제를 연기하고 난 사람의 가벼운 마음으로.

그는 생각했다. 리알토에서 산마르코 광장까지 아무에게도 길을 묻지 않고 걸어가야겠다. 미로같이 얽힌 골목에서 방향을 잃더라도 아무에게도 길을 묻지 말아야지. 그는 여인숙의 이름과 전화번호가 인쇄된 명함을 하나 들고 밖으로 나왔다. 열린 카페의 커다란 유리벽 저쪽에서 선 채로 카푸치노를 마시고 있는 사람들, 고급 의류 상점이나 가죽품 상점들의 진열장을 닦는 점원, 바쁘게 장바구니를 들고 상점들이 늘어서 좁은 거리를 지나가고 있는 사람들에게서 그는 막연히 하나코를 닮은 누군가를 찾고 있었다.

이처럼 강박적으로 하나코에 대한 기억이 떠오르는 것은 이상한 일이었다. 강박적? 그보다는 고집스럽게라고 말하는 편이 낫겠군, 하고 그는 중얼거렸다. 그녀가 산다는 곳에서 멀지 않은 곳까지 와 있기 때문일까, 아니면 안개와 미로 같은 좲고 좁은 길과, 길을 따라가다 보면 어김

He considered: From the Rialto I ought to be able to walk to San Marco without asking directions. No, I shouldn't ask directions even if I get lost in that mazelike tangle of alleys. He left, taking a business card with the *pensione's* address and phone number. He vaguely looked for someone who resembled Hanak'o—looked among the people standing inside the large glass windows of cafes drinking cappuccino, the people cleaning the display windows of the high-fashion clothing and leather shops, people scurrying down the narrow shop-lined street, market baskets in hand.

It was strange the way memories of Hanak'o forced themselves upon him like this. Forced? "Perhaps I should say 'stubbornly persist,'" he muttered. Were those memories connected to being in a place not far from where she lived? Or to the foggy labyrinth of alleys and the water that was unfailingly revealed at the end of every one of them he followed? Yes, that was it. Strangely enough, Hanak'o had been associated with water. And maybe that's why it seemed natural that everyone had thought of the riverside for what turned out to be their last trip.

They had all vaguely realized that from time to time Hanak'o saw one of them apart from the

없이 한끝이 드러나는 물 때문일까. 그렇지. 이상하게도 하나코 하면 물이 연상되었었다. 그래서 모두 마지막으로 자연스럽게 그 강변으로의 여행을 생각했는지도 몰라.

그들의 모임과는 별도로, 하나코가 가끔 그들 중의 하나와 따로 만나기도 한다는 것을 각자는 막연히 알고 있었다. 우선 그 자신부터 그러했으니까. 그렇지만 대체로 이에 대해서는 어느 누구도 일언반구 하지 않았다. 어떻든 그녀와의 연락이 두절되기 이전에는 그러했다. 다른 친구들하고는 어쨌는지 모르지만 그로 말할 것 같으면, 하나코와 만날 때는 늘 예식처럼 일정한 절차를 밟았다. 그가 하나코를 따로 만날 때, 그녀는 무리들과 만날 때 들르는 다방이 아닌 다른 장소를 택했다.

"아주 편한 소파가 있는 기분 좋은 카페를 알고 있는데가 볼까요?"

라고 하면서.

아, 기분 좋은 장소에 대해서라면 그녀만큼 서울에서 편안하고도 그들의 마음의 상태에 잘 맞는 장소를 잘 고를 줄 아는 사람은 아마도 없을 것이다. 그녀가 택하는 장소는 다방이건 술집이건, 어떻게 지금까지 이곳을 발견하지 못했을까 하는 생각이 들 정도로, 그들이 자주 지나치

group. He himself was one of those she met separately. But no one ever mentioned this. That is, until their contact with her was cut off. He didn't know how it was with the others, but his meetings with her followed a ritualistic sequence. First of all, she would select a cafe rather than the tearoom where the group met.

"It's got the most comfortable sofas, makes you feel glad you're there—want to try it?" This was how she put it.

Yes. Places that made you feel good. There was probably no one better than Hanak'o at picking places in Seoul that were comfortable and suited one's mood. Whether she chose a tearoom or a place to drink, it would be an utterly commonplace location on a street they had often used, prompting them to wonder why they had never discovered it before. A place, though, with one special characteristic that was sure to leave an impression. Something memorable—comfortable seatbacks, distinctive decorations, unique teacups... she never forgot to point them out, and even a person like him, who tended to be obtuse in this respect, found himself responding to such features before long. And so a seemingly ordinary place was transformed into a

는 거리의 아주 평범한 곳에 위치해 있었다. 그러나 꼭 인상에 남을 만한 한 가지씩의 특징을 가지고 있는 곳. 기억에 남을 정도로 편안한 등받이가 있는 좌석이라든지, 각별한 장식이나 혹은 독특한 모양의 찻잔…… 그녀는 그런 것을 잊지 않고 지적했고, 그 방면에 다소간 둔감한 그 같은 사람도 얼마 후에는 말을 거들 정도는 되었다. 이렇게 해서 평범한 듯한 장소는 인상에 남는 추억의 실내로 변신하는 것이다. 그녀는 꼭 서울의 숨어 있는 명소의 목록을 다 준비해 가지고 다니는 사람처럼, 그와 만날 때 그 장소가 어느 동네에 있건, 슬그머니, 자기 집에 초대하듯이 그런 기분 좋은 장소로 안내하곤 했다.

그렇게 만나 잠시 얘기를 나누다가 그들은 거리를 걷는다. 그리고 간단한 식사를 한다. 참 이상한 일이었다. 학생 시절에야 그렇다고 해도 취직을 하고 난 후에도, 하나코에 관한 한 그들은 스스로 생각해도 잘 이해되지 않는 인색한 면을 가지고 있었다. 그것은 그들이 경제적으로 제법 풍족해진 후에도 고쳐지지 않았다. 다른 여자들과 데이트할 때와는 달리, 하나코와 만날 때 주로 그가 택하는 식당은, 돈을 꼭 그가 낸 것도 아니면서, 아주 볼품없고 값싼 식당이었다. 식사 후에 그들은 탁구나 혹은 볼링을

destination that left a mark in his recollections. Like someone who kept a list of Seoul's hidden landmarks, she would guide him to a place "that made you feel good," wherever it might be, as if secretly inviting him to her own home.

After talking for a short time at this place they would walk the streets. Then have a simple meal. The strange thing was, they all demonstrated an incomprehensible stinginess, which they themselves recognized, when it came to Hanak'o, and not just during their college days, when it would have been quite natural, but after they had found jobs as well. This parsimony remained unchanged even after they had become somewhat well-to-do. Unlike his dates with other women, he generally selected the most shabby, inexpensive restaurants and he didn't necessarily pay. After the meal, a game or two of table tennis or bowling. Then back they would walk to the original place.

And then... drawn by a mysterious power to engage in a rite of confession, he had told Hanak'o everything indecent, unspeakable, and private about himself. About everything except the girl he was dating. The age at which he'd begun to masturbate, his shameful hidden habits, even secret dissatisfac-

한두 게임 한다. 다시 걸어서 그녀가 선택한 처음의 장소로 되돌아온다.

그러고는…… 이상한 힘에 이끌려, 마치 고해성사라도 하듯이 어느 누구에게도 말할 수 없었던 구질하면서도 내밀한 자신의 얘기를 그녀에게 하는 것이다. 사귀고 있는 여자 애에 관한 얘기만 빼놓고는 모든 얘기를. 몇 살 때 자위를 시작했다든지, 자신이 은밀하게 가지고 있는 괴로운 습관 같은 것, 또는 하나코도 잘 알고 있는 가까운 친구들에 대한 숨겨진 불만 같은 것까지도. 그녀는 그 얘기들을 고개를 약간 갸웃이 쳐들고 듣는다. 얘기가 무르익을 때까지 그녀는 결코 그의 얘기를 중간에서 끊는 법이 없었다. 아무리 충격적인 얘기를 해도 그녀 입가에 깃든 미소가 변질되는 일이 없어서, 어쩌면 일부러 과장해서 그의 숨겨진 악을 스스로 고발한 적도 있었다. 그녀처럼 집중해서 그의 시시껄렁한 얘기를 들어 준 여자를 그는 알지 못했다. 그러면서도 언뜻 그의 친구들 중의 누구와 동일한 장면을 연출할 그녀의 모습이 떠오르기도 했다. 그것은 조금만큼의 질투도 자극하지 않았다.

"하기 어려운 얘기였을 텐데 내게 해 주어서 고마워요."

tions with close friends that Hanak'o knew. She listened to these accounts, head cocked inquisitively, always hearing him out until the end without interruption. The smile that played about her mouth never changed, no matter how shocking the account, and so he sometimes exaggerated these confessions of his hidden vices. He knew of no other woman who would give undivided attention to these trivial accounts. Sometimes he imagined her reenacting the same scene with a friend of his. This did not make him the least bit jealous.

"I appreciate your opening yourself up to me—it must be hard for you to talk about this."

On rare occasions she expressed her fatigue in this fashion. It was her way of telling him she wanted to go home.

Instead of waiting with her at the dark bus stop, he would leave for the subway. Again, she never objected, and when he looked back, her expression somehow made it seem she was elsewhere already. Why had they extended Hanak'o only the bare minimum of patience and consideration?

Suddenly thirsty, he entered a cafe with unusually transparent windows. Like the other patrons he drank cappuccino, the soft fresh cream clinging to

매번 그런 것은 아니었지만 그녀는 드물게 이런 식으로 피곤함을 전달하기도 했다. 그녀가 집에 돌아가고 싶다는 의사를 표시하는 말이었다.

늦은 시간에 밖으로 나와서는 그녀의 집 방향으로 가는 버스가 오는 것을 같이 기다려 주지도 않고 그녀를 혼자 어두운 정류장에 놔둔 채, 그는 지하철 입구를 향해 걸어 간다. 그녀 또한 그런 것에 대해 한 번도 반응하지 않았고. 어쩌다 뒤돌아볼 때의 그녀의 표정은 이미 다른 곳에 있었다. 왜 하나코에 관한 한 그들은 모두 최소한의 인내심과 배려가 부족했던 것일까.

갑자기 말라 오는 목. 그는 유리창이 유난히 맑은 한 카페에 들어가서 남들처럼, 부드러운 생크림이 기분 좋게 입천장에 달라붙는 카푸치노를 한 잔 마셨다. 남들처럼 서서. 그들처럼 생생한 표정을 짓고, 산마르코 광장으로 가는 길이 어느 쪽이죠라고 묻고 싶은 것을 애써 눌렀다. 다시 밖으로 나와서 그는 화살표의 방향보다는 사람들이 많이 다니는 길들을 골라, 수도 없는 골목과 수도 없는 작은 광장을 돌았다. 마치 이 도시의 매력에 매혹되지 않으려고 마음을 다잡은 사람처럼 상의의 깃을 세우고 목 언저리를 여민 채, 놀랍도록 빠른 속도로 안개가 밀려 가는

the roof of his mouth. He stood like the others, and tried to make himself look as animated. He suppressed his desire to ask directions to San Marco. Back outside, instead of following the signs he chose crowded streets and wandered numerous alleys and small plazas. With the self-assurance of someone who refused to be fascinated by the city's attractions, he pulled up his collar and buttoned it, then followed a foggy canal and crossed a small bridge. He was surprised at how fast he was walking.

He wondered if J had been the first of them to try something with her. J, the first of their group to marry. Once, he had received a midnight call from J. He had carefully set the receiver down beside the bed and taken the call in another room. And then, afraid his wife might overhear, he had remembered to replace the bedside phone in its cradle. Because J was drunk, and had brought up Hanak'o. They had been out of touch with her for more than a year by then. To his wife, who had looked up at him wonderingly, he had responded as if the call was unimportant: "It's just J. Sounds like he's drunk out of his mind."

J's drunken ramblings had stimulated his curiosity

수로를 따라 작은 다리들을 건넜다.

그들 중에서 맨 처음으로 객기를 부린 것은 아마 J가 아니었던가. 그들 무리 중에서 제일 먼저 결혼을 했던 친구. 어느 날 자정이 넘어 J에게서 전화가 걸려 왔다. 그는 침대 옆에 놓인 수화기를 살짝 놓고 다른 방으로 가서 전화를 받았다. 그리고 혹시 아내가 들을 것을 저어하여 침대 곁의 수화기를 다시 제자리에 얹어 두는 것도 잊지 않았다. 술 취한 J가 하나코 얘기를 꺼냈기 때문이었다. 하나코와 그들 사이에 연락이 두절된 지 일 년여가 넘은 다음의 일이었다. 늦은 전화에 궁금한 표정으로 올려다보는 아내에게 그는 대수롭지 않다는 듯 말했다.

"J야. 밤늦게 술주정을 하려는 모양이군."

J는 형편없이 취해 있었고 그런 상태에서 이어지는 횡설수설 헛소리는 그의 잠기를 싹 쫓을 정도로 그의 호기심을 자극했다. 넌 잘 모르지만 한때 상당히 망설였다구. 내가 멍청했지. 좀 더 적극적으로 밀어붙여 보면 어떻게 되었을 텐데 말이지. 괜찮아. 괜찮아. 아내는 친정 가서 없다구. 잠깐만 기다려라, 그 편지가 어디 있더라. 하나코가 답장으로 보낸 것…… 잠깐만. 좀 깊이 숨겨 두었거든. 자, 들어 봐. 중요한 부분만 읽을게. J는 술 취한 목소리로

until sleep was banished from his mind. "This might come as a surprise to you, but there was a time in my life when I really didn't know what to do. I was so stupid. If I'd just pushed a little harder, who knows what would have happened? It's all right, don't worry, the wife's off visiting her family. Hold on, I'll get the letter. Hanak'o wrote back to me. Let's see—I hid it way down there somewhere. Okay, got it. Now listen. I'll just give you the important stuff." And in a tone exaggerated by his drunkenness he began reading:

"J, you always were a clown when it came to talking about something important. And don't think I'm rejecting you out of hand. I understand you're going through a difficult period and you simply had to write a letter like this. But think about it, J. Am I really the right person for this letter? You ought to go away for a week or so. After that, if you've found the answer... then we can talk some more."

As he listened to J's drunken drawl, which made the contents of the letter sound ridiculous, he imagined himself in Hanak'o's situation with J before him, and felt irritated enough to punch him. But because his curiosity was greater, the irritation was short-lived.

어조를 과장해서 낭독을 시작했다.

J씨는 늘 중요한 말을 장난같이 하는 습관이 있었지요오. 그렇다고 J씨의 진의를 내가 가볍게 일축한다는 뜻은 아닙니다아. 나는 당신이 꼭 그런 편지를 한 번쯤 쓰지 않으면 안 될 정도로 어려운 때를 보내고 있다는 것을 잘 이해해요오. 그렇지만 J씨, 한번 생각해 보세요. 내가 정말 그런 편지의 적합한 수신자인지를 말이지요. 한 일주일이나 열흘 정도 어디로 한번 떠나 보세요. 그런 후 대답이 찾아지면…… 그때 우리가 할 얘기는 따로 있을 거예요오…….

끝을 길게 늘이면서 편지의 내용을 엉망으로 만드는 J의 목소리를 들으면서 내심 그는 자신이 하나코의 입장이 되어, J가 앞에 있다면 당장 한 방 먹여 주었을 정도로 신경이 거슬렸다. 그러나 숨겨진 호기심이 더 컸기 때문에 J에 대해 솟은 신경질은 오래가지 않았다. 너 하나코의 글씨체 생각나지. 내가 어떤 편지를 보냈는지 알면 너는 아마 까무러칠 거다. 나는 그러니까 그때 열렬한 구혼을 했던 거야. 그냥 꼭 그렇게 해보고 싶더라구. 그런 사실 너희들 전혀 몰랐지. 요즘 그냥 생각이 나서 말이야. 물론 일주일 후에 나는 결혼 날짜를 잡았다만 말이다. 이런 편

"You remember how Hanak'o writes, don't you? If you knew the kind of letter I sent her, you'd probably faint. You see, I proposed to her—a very passionate proposal. It was something I had to do. None of you knew a thing. Recently I started thinking about it again. Of course, a week after I proposed, I set the wedding date for the wife. How am I going to get rid of this letter? Oh, Hanak'o is on my mind!"

J really did indulge in tongue-twisted romantic reminiscing, and he had given J's confession a proper hearing. J's case was somewhat unique, but all of them, himself included, had saved up a letter or two from her. Like trophies. After she had disappeared from their gatherings, it was briefly fashionable for them to read aloud to one another the letters they'd occasionally received from her, primarily during the early period of their meetings, when they were in college. It was then, when they gathered over drinks, that they had coined the nickname Hanak'o. She who never failed to answer their letters. She wrote letters that for some unknown reason touched their hearts, making them wonder if she was born to answer all the letters in the world. That there was a woman whose correspondence with

지를 어떻게 버리냐. 아, 생각난다, 하나코!

J는 정말 혀 꼬부라진 낭만적 회고를 하고 있었고 그는 적당히 그의 고백을 들어 주었다. 그 자신도 예외는 아니었다. J의 경우와 다소간 달랐지만 그들은 모두 한두 장 정도의 편지는 간직하고 있었던 것이다. 그것이 무슨 전리품이라도 되는 것처럼. 그녀가 그들 모임에서 자취를 감춘 직후에, 그들 사이에서는 주로 그들의 만남의 초기인 학생 시절에 가끔 주고받던 낡아 버린 하나코의 편지를 서로에게 읽어 주는 짧은 유행의 기간이 있었다. 그즈음에 마련된 한 술자리에서 그들은 그녀에게 하나코라는 별명을 붙여 주었던 것 같다. 그들의 편지에 꼭 대답을 하던 하나코. 어쩌면 그녀는 세상의 모든 편지에 대답을 하기 위해서 태어났다는 생각이 들 정도로, 그것도 이유를 알 수 없이 가슴을 찡하게 하는 편지를 보내곤 했다. 그녀의 편지처럼 어딘가 깊은 것 같고, 어딘가 철학적이며 고상한 것 같은 편지를 주고받을 여자가 있다는 것이 그들을 조금은 우쭐대게 만들었다. 하나코는 세상에 태어나 처음으로 그에게 편지를 쓰고 싶은 욕구를 불러일으킨 여자였다. 아내와 연애하면서도 편지를 쓰고 싶다는 생각이 든 적은 한 번도 없었다. 한번은 어디서 읽은 시구를 베껴

them was somehow so profound, so philosophical and elegant, made them arrogant. Hanak'o was the first woman to arouse in him a desire to write letters. During his courtship he had never been taken with an urge to write to his future wife. Once he had embellished a letter to Hanak'o with a line lifted from a poem, and in her reply she had jokingly written, "You're trying to make me guess the title of that poem, aren't you?" There had been nothing about his relationship with Hanak'o to injure his pride; he had no fear that she would take something the wrong way. And now, despite that incident back then, he was using this business trip as an excuse to look her up. Why was that?

"It's all right—we're friends after all."

Once he had blundered and this was how she had smoothed it over. Of course he didn't remember exactly what it was he had said. But the uncomfortable ripples it had caused remained fresh in his mind.

Hanak'o had never been notified about any of their weddings. He couldn't speak for his friends, but in his own case it had been simple carelessness. Needless to say, when he had been preparing the invitations he had thought of inviting her. But his

서 멋을 부려 본 적이 있었는데 그녀는 그 편지의 대답에 “시 제목을 알아맞히는 수수께끼 놀이를 하자는 거지요?”라는 농담 어린 답장을 보냈다. 하나코와는 자존심이 상할 일이 없었다. 하나코와는 일이 덧나도 별 두려움이 없었다. 그 일이 있고도 그는 이렇게 출장을 핑계로 그녀를 찾아보려고 하지 않는가. 왜일까?

“우리는 친구잖아요.”

언젠가 그의 실언 앞에서 그것을 무마하느라 하나코가 한 말이었다. 어떤 실수였는지는 물론 기억에 없었다. 그렇지만 그 말이 야기한 불편한 과장은 생생하게 기억에 남았다.

그 자신을 포함해 무리들 중의 누구도 하나코에게 자신들의 결혼 날짜를 알리지 않았다. 딴 친구들은 어떤 이유에서 그랬는지 알 수 없지만 그로서는 그저 단순한 부주의였다. 물론 그는 청첩장을 준비하던 때만 해도 그녀에게 보낼까 하고 생각했다. 그렇지만 분주한 일정에 밀려 그만 잊어버리고 말았다. 무의식적으로 계획된 건망증. 늦게 결혼을 한 친구들이야 이미 하나코와의 연락이 끊어져서 그랬다고 하지만 적어도 P와 J는, 그들이 하나코와 만나고 있을 즈음에 결혼했음에도 하나코에게 그 사실을 알리지

busy schedule had made him forget. It was the kind of forgetfulness that is unconsciously planned. Those of his friends who had married later couldn't invite Hanak'o because they were out of contact with her, but at least in the case of P and J, who married while they were still seeing her, they had definitely not invited her. After J's wedding he had apologized on his behalf.

"You don't really consider weddings that important, do you?" she had responded.

In the distance appeared the steeples of San Marco that he had seen in photos. The wave of humanity that had already surged ashore told him he was approaching the plaza. If only it had been the two gilt lions in the plaza staring resolutely out to sea, he might have been moved. Ordinarily he tended to enjoy throngs of people. But there were simply too many people here, too many vendors, too many flocks of unusually fat pigeons, and no room to move about. He purchased an admission ticket for the basilica, but as he was about to enter he realized he had left his camera and binoculars at the *pensione*. And the guidebook he had made a point of purchasing, which described the mosaics inside the basilica. He was crestfallen. But that didn't mean

않은 게 분명했다. J의 결혼식 후에 그가 하나코를 만나 J 대신 사과를 했을 때, 그녀는 한마디 했을 뿐이었다.

"설마 결혼식 같은 것을 그토록 중요하게 생각하는 건 아니겠죠."

멀리서 사진으로 본 산마르코 광장으로 첨탑이 보였다. 일찍이 바닷가로 몰려나온 인파들이 광장에 가까이 온 것을 알려 주었다. 바다를 향해 버티고 있는 두 마리의 금박 사자가 인파가 없는 텅 빈 광장에 서 있었더라면, 어쩌면 그는 감격했을지도 모른다. 평소에 그는 인파를 좋아하는 편이었다. 그렇지만 거기에는 너무도 많은 사람과 상인과 유난히 살진 비둘기 떼가 빈틈없이 몰려 있었다. 성당을 방문하기 위해 매표구에서 막 입장권을 받아 들었을 때, 그는 카메라도 망원경도 모두 여인숙에 두고 온 것을 알아차렸다. 일부러 구입한 성당 내부의 모자이크에 대한 설명 안내서까지. 그것이 그의 기분을 그만 순식간에 구겨 버리고 말았다. 그렇다고 여인숙까지 되돌아가고 싶은 마음은 추호도 없었다.

사람의 대열에 밀려 안에 들어갔으나, 모든 관광객이 입을 벌리고 감탄사를 내뿜으며 바라보는 둥근 천장과 벽, 그리고 기둥까지 빈틈을 남기지 않고 덮고 있는 놀라움

he had any intention of going all the way back to the *pensione*.

Pushed inside by the line, he was surprised at the scale of the gorgeously colored mosaics on their golden backgrounds that covered the domes, the walls, even the pillars, with no space left untouched, a sight that drew exclamations from all the sightseers. Otherwise he felt only the profound boredom of someone ill prepared for his trip. People throughout the world marveled when they set foot inside this basilica, but the sleepy mixture of thoughts in his head wandered in another time and place.

He sat down at the end of a pew and, recalling what he knew about the Bible, identified a few of the mosaic scenes. And then he let his mind wander as he waited, slothful and bored, for time to pass. Hearing a Korean voice among the many languages flitting past his ear, he focused on it. It was the bright voice of a young woman explaining to an elderly man the mosaic on the ceiling directly above where he himself sat, a scene from the Book of Exodus. An affectionate father and daughter, he thought.

Again he asked himself what he was doing there.

외에는, 여행 준비를 서투르게 한 사람만이 맛볼 수 있는 심오한 지루함을 느낄 뿐이었다. 전 세계인이 경탄해 마지않는 교회에 발을 들여놓고도 머릿속에서 하품하는 잡념은 다른 시간과 장소를 헤매고 있었다.

그는 의자 한 귀퉁이에 앉아 그가 알고 있는 성경의 지식을 모두 동원하여 모자이크로 그려 낸 몇 장면만을 식별해 냈다. 그는 오랫동안 그렇게 넋을 반쯤 놓고 게으르고도 지루하게 시간이 가기를 기다렸다. 주변을 스치는 수많은 언어들 사이에서 한국말을 하는 목소리가 들려오자 그 목소리에만 귀를 기울이면서 그는 고집스럽게 성당에 남아 있었다. 나이 많은 노인을 대동한 젊은 여자의 낭랑한 목소리가, 그가 앉아 있는 바로 앞부분의 천장에 장식된 모자이크의 내용을 설명하고 있었다. 출애굽기의 한 장면. 다정한 부녀지간.

여기서 대체 무엇을 하고 있지? 그는 집에 두고 온 딸을 생각했다. 이제 겨우 두 살. 그는 자신을 엄습하는 답답함을 누르며 자리에서 일어섰다. 그가 앉았던 자리를 딸이 아버지에게 권했다. 출구는 입구 이상으로 붐볐다.

그는 부두 쪽으로 가서 심호흡을 했다. 부둣가에 띄엄띄엄 늘어선 공중전화 부스가 자꾸 그의 시선을 끌었다.

He thought of his daughter at home. She was almost two. Suppressing a sudden surge of frustration, he rose. The young woman offered her father the vacated seat. The exit was more crowded than the entrance.

He walked to the harbor and inhaled deeply. Time and again his gaze was drawn to the telephone booths scattered along the waterfront. In Seoul it was probably a gloomy early-winter evening. The fog had lifted from the water. Just then there was a loud cry. A crowd of people flocked the short distance to its source. Instantly a circle formed, and before he knew it he found himself at its inner edge. There, three men were exchanging punches with the skill of professional boxers, while cursing in Italian. He saw it was two against one, but everyone looked on wide-eyed with no thought of intervening. Too, the single man was putting up a good fight.

The circle gradually widened, and the faces of more onlookers appeared on the balconies of the luxury hotel that stood beside the water. Back and forth they went at each other, three healthy-looking young men in leather jackets, tight-lipped except for an occasional outcry and their rough breathing.

서울은 아마도 침침한 초겨울의 저녁나절. 바다의 안개는 완전히 걷혀 있었다. 그때 그가 서 있던 데로부터 그리 멀지 않은 곳에서 커다란 외침 소리가 들려왔고 갑자기 그 소리 주위로 군중이 몰려들기 시작했다. 그는 자신도 모르게, 순식간에 만들어진 둥근 원의 가장 안쪽에 서 있었다. 그곳에서는 이탈리아 말로 욕설을 퍼부으면서, 세 명의 남자가 엉켜서 전문 복싱 선수 이상의 솜씨를 보이며 서로를 두들겨 패고 있었다. 가만히 보니 이 대 일의 싸움이었는데, 그 주위로 몰려든 어느 누구도 말릴 생각 없이 그 자신처럼 눈을 동그랗게 뜬 채 구경만 하고 있었다. 그렇지만 혼자 대항하는 사내의 기세 또한 만만치 않았다.

원이 점점 커짐에 따라, 부두를 따라 지어진 고급 호텔의 테라스에서도 사람들의 얼굴이 싸움 구경을 위해 하나 둘 나타나기 시작했다. 세 명 모두 가죽 잠바를 입은 건장한 젊은이였다. 그들은 가끔 내지르는 외마디 소리와 거친 숨소리 외에는 입을 앙다문 채 엎치락뒤치락을 계속했다. 아무래도 수적으로 강세인 두 남자들은 막 바닥에 깔리기 시작한, 궁지에 몰린 적수가 힘이 빠진다고 생각하자마자 집중적으로 발길질을 하기 시작했다. 어떤 의미로 그들이 침묵의 싸움을 벌였다면, 그와 반비례로 군중 속

Finally the two partners cornered the other, who had fallen, and began kicking him with studied intent. While it seemed that silence ruled the fight itself, the crowd, on the contrary, became more vocal. He did not know the language of this country, and to him the people looked like they were cheering an innocent wrestling match. The spectacle became more violent, and he felt himself making tight fists. No one dared break up the fight. He felt a thrill watching the kicks and punches of the two partners. "Go on, one more. Finish him off, and get it over with..." Just then the police waded through the crowd, and in no time they had separated the three men and were leading them off.

The crowd broke up and the pay telephones reappeared, beckoning him. Without hesitation he extracted a telephone number. A number whose location was not on the opposite side of the globe but rather a small city nearby. After three or four "hellos" in Italian he heard a gay, high-pitched woman's voice speaking rapidly and at length, saying something he didn't understand. In hurried English he asked for Hanak'o, using her real name, of course. He was put on hold, and then came the gay, raucous blend of several voices speaking in

의 소란은 점점 커졌다. 이 나라 말을 모르는 그로서는 그들이 마치 씨름 경기라도 응원하는 것처럼 보였다. 그의 주먹도 부르르 쥐어질 정도로 격렬한 광경이 배가되고 있었다. 역시 아무도 그들을 말릴 엄두를 내지 못하고 있었다. 그는 공격자 두 사람의 주먹과 발길질에 자신의 흥분이 고조되고 있음을 알아차렸다. 자, 한 방만 더, 쳐라. 결정적인 한 방, 그러고 나면 끝이다……. 바로 그때 어디서 나타났는지 군중을 헤치고 경찰들이 우르르 몰려들어 순식간에 세 명을 모두 일으켜 세워 어디론가 끌고 사라졌다.

모여 섰던 사람들이 하나둘 흩어지고 다시 공중전화 부스가 드러났다. 그를 부르기라도 하는 것처럼. 그는 빠른 동작으로 전화번호를 꺼냈다. 지구 반대편이 아니라 바로 옆의 작은 도시에. 누군가 '여보세요'에 해당하는 이탈리아 말을 서너 번 반복하고, 그 뒤로는 그가 알아들을 수 없는 빠르고 긴, 고음으로 즐거운 기분을 전달하는 여자의 목소리가 들려왔다. 그는 서둘러서 영어로 하나코를 찾았다. 물론 그녀의 본명을 대고. 잠시 대기음이 들리고 다시금 즐겁고 부산스럽게 이탈리아 말을 하는 여러 음성들이 뒤섞이고…… 그리고 그에게 익숙한 밝은 목소리가 들려왔다. 하나코의 목소리. 이탈리아 말이 아닌 그리운

Italian... And then a bright voice that he knew. Hanak'o's voice. Speaking not Italian but the Korean he had hoped to hear. At that very moment the *vaporetto* deposited a group of passengers. Arms around each other's waists, smiling young couples stepped onto a small landing and walked past him. Only then was he released from the caution that had seized him. Suddenly he felt exhilarated.

He gave his name, then produced an awkward, exaggerated laugh. Without waiting for a reply he launched into a wordy explanation: He was on a business trip. While the contract was being drawn up he had come to Venice. He would have to return to Rome. But first he wanted to see her. He'd gone to a lot of trouble to find out where she lived and to obtain her telephone number. On and on he chattered, frequently repeating the loud, incongruous laugh, giving her no opportunity to speak, as if he were trying to avoid something. And then there was an abrupt silence like that of a radio quieted by a power failure. Finally she was able to respond.

"It's good to hear from you. Why don't you come over?" she said in a loud, bright, laughing voice.

And then her voice slowly became the composed, low-pitched tone he remembered so well. Amiably

'여보세요'. 바로 그 순간에 부두에 도착한 바포레토가 한 무리의 승객들을 내려놓았다. 서로의 허리에 팔을 두르고 작은 갑판에 내려서는 젊은 그녀가 웃으면서 그가 서 있는 옆을 지나갔다. 그때까지 그를 사로잡고 있었던 조심성이 사라지는 것을 느꼈다. 그것은 꼭 갑자기 오른 취기와 같았다.

그는 자신의 이름을 대고 어색하게, 과장을 섞어 한바탕 웃었다. 그녀의 반응을 기다리지도 않고 그는 장황하게 설명을 붙이기 시작했다. 출장 여행 중이다. 계약서가 준비되는 동안 베네치아에 와 있다. 다시 로마로 돌아가야 한다. 그러기 전에 당신을 만나고 싶다. 당신의 거처와 연락처를 알아내는 데 얼마나 힘이 들었는지 아느냐. 그는 이유도 없이 자주 크게 웃음을 섞으면서 상대편이 얘기할 틈을 주지 않고, 마치 무엇에선가 도망치듯이 빠른 말투로 떠들었다. 그리고 갑작스런 정전으로 마비된 라디오처럼 침묵했다. 그가 침묵했을 때에야, 그녀도 밝게 큰 목소리로 웃으며 말했다.

"반가워요. 오세요."

이어 그가 잘 기억하고 있는 낮고 침착한 그녀의 목소리가 천천히 이어졌다. 기차에서 내려야 하는 정거장의

and deliberately she told him the name of the train station, her work address, the name and appearance of the interior decoration firm where she'd been hired as a designer, and other particulars. But there wasn't as much to see in her city as in Venice, she added apologetically.

Although everything about her seemed the same, something had changed. Not her voice. Nor was her tone any less friendly... Hadn't she sounded genuinely delighted to hear from him? Suddenly his resolve weakened. To see her he would have to catch a train, wander around looking for the street she'd mentioned, enter her office, wait beside her desk until she'd finished her work, be invited to her living space, eat a home-cooked meal, as the people in this country liked to do, and have a pleasant chat—was he really in the mood for all of this? And if she was married, he would have to observe proprieties and make conversation with her husband... He asked her a question, cunningly, he thought.

"How many children do you have?"

She laughed.

He detected something in her voice. "I hope I won't be disrupting your work," he said.

After a brief silence she countered with a question

이름, 사무실이 위치한 거리의 이름, 그리고 그녀가 디자이너로 고용되어 있다는 실내 장식 사무실의 이름과 외양…… 같은 것을 그녀는 친절하게, 띄엄띄엄 말해 주었다. 당신이 전화하고 있는 베네치아에 비하면 그다지 구경할 만한 도시는 아니라고 미안한 듯이 덧붙이면서.

그녀의 모든 것이 다 예전과 같아도 무언가가 달라져 있었다. 목소리도 아니고 어조가 덜 친절했던 것도 아니었는데……. 그녀는 정말 반가운 기색으로 그에게 말을 하지 않았던가. 그는 갑자기 힘이 조금 빠지는 것을 느꼈다. 그녀를 보러 기차를 타고, 그녀가 말해 준 이름의 거리를 찾아 헤매고, 그녀가 일하는 사무실을 찾아 안으로 들어가고, 그녀의 책상 옆에 앉아 일이 끝나기를 기다려, 그녀의 생활공간으로 초대되고, 이 나라에서 하듯이 집에서 준비한 식사를 하고 환담을 할 엄두가 나지를 않는 것이다. 그리고 더욱이 그녀가 결혼이라도 했다면, 난생처음 본 그녀의 남편이라는 사람과 또 예의를 차려서 얘기를 해 주어야 하고……. 그는 물었다. 능청스럽게. 지금 애가 몇입니까? 그녀는 웃고 그 물음에는 대답하지 않았다. 그녀의 목소리에서 무엇을 느꼈을까. 그녀에게 방해가 되지 않겠느냐고 물었을 때, 그녀는 대답 대신 잠시 침

of her own: "Don't you know me any better than that?" Then, at the sound of the tone signaling the end of the allotted time, she added, "You're not going to be like J, are you, calling but not visiting? Or P, leaving before he even finished his coffee? Come on over. I'm glad to hear from you—really."

As soon as she had finished, the line went dead. With the click of the telephone something connected in his mind. P had called her? And J?

He recalled the last drinking party they'd had before this trip. He had wanted to keep the trip a secret. The party mellowed him, though, and his plans had popped out of his mouth almost before he realized it. And then someone who hadn't attended the group gatherings for the longest time had unexpectedly brought up Hanak'o's name. "Who came up with that name, anyway? Makes her sound Japanese. Wouldn't 'K'ohana' sound more Korean? Some nickname! She'd be pissed if she knew." And then someone else had said, "She'll never find out." He recalled that J and P had each chimed in during that conversation. And he recalled very clearly K's phone call several months earlier informing him about Hanak'o. But none of them had said he had actually seen or talked with her;

묵한 후, 나를 그렇게 몰라요? 하고 반문했다.

전화가 끝나 가고 있음을 알리는 음이 들려오자 그녀는 덧붙였다.

"J씨처럼 전화만 하고 안 오는 것은 아니죠? 혹은 P씨처럼 차 한잔도 제대로 마시지 않고 떠난다든가? 오세요. 정말 반가운데요."

마치 시간이라도 잰 듯이 그녀의 말이 끝나자 전화가 끊겼다. 그의 머릿속에서도 무언가 찰칵하는 소리가 들렸다. P가? J가?

그는 여행을 떠나기 전에 있었던 술자리를 떠올렸다. 그들에게까지 비밀에 붙이고 훌쩍 떠나고 싶었던 그 출장 계획은 분위기가 무르익자 자신도 모르게 입 밖으로 튀어 나왔다. 그때 아주 오래간만에 모임에 합세한 누군가가 느닷없이 하나코 얘기를 꺼냈었다. 왜 꼭 왜색이 도는 그런 별명을 그녀에게 붙였지? 코하나가 더 낫지 않아. 대체 누가 붙여 줬어. 그 별명? 알면 참 기분 나빠 할 거야. 또 누군가가 말했다. 알 리가 없잖아. J도 P도 그 자리에 있었고 뭐라고 한마디씩 거들었던 것이 생각났다. 몇 달 전에 그에게 하나코의 소식을 전했던 K의 전화도 생생하게 기억이 났다. 어느 누구도 이탈리아에 사는 하나코의 소

rather they had supposedly heard through a third party that she was living in Italy.

After declaring to Hanak'o that he would leave on the spot, he instead left the harbor and walked down an alley that followed a small canal. There he saw houses with a thick layer of moss that looked damper than usual now that it was winter, houses whose wall seemed about to collapse into the water. He saw a small bridge at the end of a wall, and narrow house fronts that seemed to suggest that life was like a game of house here. Occasionally he heard music from the dwellings, or the everyday bustling noises that come from inside a home, as if these sounds were meant to expose in starker contrast the mossy, sad-looking exteriors that had lost their paint and made the city seem to tilt even farther toward the water.

He allowed his pace to be dictated by the endless variation of the canals, alleys, and bridges. A street sign that captured his gaze became a vague guidepost telling him that the Rialto was growing ever more distant. With a gloomy smile he gave himself up to the freedom of the disheartened soul who walks an unfamiliar city without map or destination, to the repose of the person who wanders a maze in

식을 제삼자를 통해 전해 들었다고만 했지 직접 만났다거나 통화를 했다거나 하는 말은 하지 않았던 것이다.

당장 가겠다고 호탕하게 대답한 것과는 달리, 그는 부두를 떠나 좁은 수로를 따라 나 있는 골목길을 걸었다. 겨울이어서 더욱 습기가 차 보이는 두꺼운 이끼에 덮인 채 물속으로 무너지는 듯한 벽들, 벽의 끝에 나타나는 작은 다리, 그리고 소꿉장난 같은 삶이 진행되고 있을 것만 같은 좁은 정면의 집들. 가끔 그곳에서는 음악 소리나 회한 없는 일상의 호들갑스러운 소음이 들려왔다. 마치 물속에 기우는 이 도시를 더욱 기울게 하기 위한 것처럼, 칠이 벗겨지는 이끼 낀 표면의 슬픔을 더욱 드러내려는 듯이.

수로와 골목과 다리들의 무한한 변주. 그는 그 변주에 흔들리는 걸음을 내맡겼다. 한번 우연히 시선에 잡힌 거리의 팻말은 그가 리알토 다리에서 점점 멀어지고 있는 것만을 알려 주는 막연한 지표가 되었을 뿐이었다. 낯선 도시에서 지도 없이, 목적지도 없이 걷는 낙망한 자의 자유, 말할 수도 이해할 수도 없는 이국의 말을 쓰는 나라에서 침묵으로 미로를 헤매는 자의 안식에 그는 음울한 미소를 지으면서 빠져 들었다. 몇 번인가, 하나코, 아니 스코베니회사 소속, 인테리어 디자이너, 장진자의 목소리가

silence in a land whose language he neither speaks nor understands. Several times, like an overtone of this city, there sounded lightly in his ears the voice of Hanak'o; no, the voice of Chang Chin-ja—her real name—an interior designer who worked for a firm called Scobeni: "Don't you know me any better than that?" No better than that? Like a riddle with many pitfalls, the question drew him deeper and deeper into this city of mazes.

Through the window a train departed for the cities to the north. In the lights of the dusky station he saw once again the white sign reading "Venezia, Santa Lucia." His train, the night train for Rome, would leave at any moment. It was too early for sleeping, and only the seats on the upper level had been made into beds. Two passengers were at a window talking with well-wishers. Early though it was, he climbed up to the berth he'd reserved and lay down. The train slowly pulled out of the station and began to cross the steel bridge to the mainland. It was about the same hour as when he had arrived. Looking more distant from where he lay, the orange lamps appearing at intervals above the water formed a long curve like a procession of monks.

가볍게, 이 도시의 배음처럼 울렸다. 그렇게 날 몰라요? 그렇게도? 그것은 함정이 많은 수수께끼처럼 점점 더 깊이 그를 미로투성이의 한 도시 속으로 이끌었다.

창밖으로 북쪽 도시행 기차 한 대가 막 떠나고 있었다. 이미 저문 역구내의 조명 속에서 그는 다시 한 번 산타루치아라고 써진 흰 간판을 보았다. 이제 곧 그가 탄 로마행 밤 기차가 떠날 것이다. 아직 잠들기에는 이른 시각이라 좌석은 맨 위쪽만 올려져 침대로 바뀌어 있었다. 그 말고 두 명의 승객이 복도 쪽의 창문으로 배웅 나온 사람들과 이야기를 나누고 있었다. 그는 일찌감치 자신에게 예약된 위쪽의 준비된 침대에 올라가 누웠다. 기차가 서서히 움직이기 시작하고 베네치아와 내륙을 잇는 긴 다리 모양의 철교 위를 달리기 시작했다. 올 때와 거의 비슷한 시각. 누워 있으므로 더 멀리 보이는 바다 위로 드문드문 오렌지색의 램프가 긴 곡선을 만들면서 행진하는 수사들처럼 늘어서 있었다. 검은 테를 두른, 끝이 뾰족한 나무 둥지들이 합장하듯 모여 있는 수로 표시의 말뚝에 밤 뱃길을 알리기 위한 램프들이 걸려 있었다. 기차의 속력은 점점 더 빨라졌고 이내 바다는 시야에서 사라져 버렸다. 공연히

The lamps, which marked the channel for nighttime boat traffic, were each suspended by a black band from a pointed piling, as if between a pair of clasped hands. The train accelerated and soon the water had disappeared from his field of vision, leaving him feeling yet again as if something in the far distance was collapsing.

There it went, the city of his momentary stay. Now the train was passing through a dark landscape of fewer and fewer lights and no visible human presence. The passengers below busily reclined their seatbacks to make beds, and then suddenly there was silence. The voices in the corridor became murmurs and the train raced toward thick darkness. Three of the berths in the upper level remained unoccupied. Later that night, when everyone was asleep, people boarding at some station or other would climb up looking for those berths. Maybe Bologna, Florence...

How could that incident have come about? Could you even call it an incident?

He had no idea how they'd discovered that drinking place in the boggy, marshlike area near the reed grass. It had all started when two of them happened to buy used cars around the same time. A group of

무언가 아주 먼 곳에서 다시 한 번 무너지는 느낌을 남기고서.

잠시 머무르다 떠나는 도시. 이제 기차는 불빛이 점점 드물어지는 인적 없는 어두운 풍경 속을 달리고 있었다. 아래 좌석의 승객들도 등받이를 올려 침대를 만드느라 부산하다가 언제부터인가 갑작스러운 침묵이 왔다. 복도의 소음도 점점 더 줄어들고 기차는 짙은 밤을 향해 전속력으로 달렸다. 여전히 세 개의 침대는 비어 있었다. 한밤중이나 새벽에 모두가 잠들어 있을 때 누군가가 어떤 이름 모를 역에서 예약된 자신의 침대를 찾아 올라오겠지. 볼로냐, 피렌체…….

그 일은 대체 어떻게 일어났던 것일까. 그런데 그런 것도 사건이랄 수 있을까.

그들이, 갈대밭 근처의 늪지대같이 질퍽거리던 곳의 그 술집을 어떻게 발견했는지는 아무리 생각해 보아도 알 수가 없었다. 그들 중의 두 명이 비슷한 때에 중고 자동차를 구입했던 것이 일의 발단이었던 것만은 틀림이 없다. 그들은 무려 일곱 명이나 몰려서 사흘간의 연휴에 서울을 떠난 것이, 낙동강까지 왔던 것이다. 원래 그들의 목표는 마음에 드는 해변을 찾는 것이었다. 그러나 바다를 찾다

seven had left Seoul during a three-day holiday and driven as far as the Naktong River. Their original goal had been to find a beach they liked. But they ended up at the river. The group included himself, plus Hanak'o and her woman friend. They had divided up into the two cars, whose owners then took advantage of the journey to practice their driving skills. At the Naktong, a sign advertising sashimi and spicy fish soup had caught their eye, and they had followed a narrow dirt road until the restaurant appeared. Although it was isolated in the extreme, they decided to make it their destination for the night. To enter the restaurant they first had to cross a muddy yard that threatened to swallow up their feet. And he seemed to recall a weedlike grass at the side of the yard that gave off a nauseating odor. Was it late autumn? he wondered. Or early winter, like now?

While the meal was being prepared, they walked along the riverbank. No light appeared in any direction, making them feel as if they were at the end of the world. Back at the restaurant they ate and drank unhurriedly, and as the night wore on, the excitement of the trip gave way to a melancholy unease. The restaurant seemed to be part of a home, and as

가 그들은 강에 다다랐다. 그를 포함한 다섯 명의 친구와 하나코, 그리고 그녀의 여자 친구. 이렇게 일곱 명이 두 대의 중고차에 나눠 타고 운전 연습 겸 내려온 것이 낙동강가까지 왔던 것이다. 회, 매운탕…… 이런 비슷한 간판이 언뜻 눈에 띄었었고 그 간판에서부터 좁은 흙길로 접어들어 한참을 달려서야 식당 하나가 나타났다. 아주 외따로 떨어져 있던 식당이었음에도 그들은 그곳을 그날의 종착지로 삼기로 했다. 그 식당에 들어가기 위해서는 구두가 푹 빠지는 진흙 마당을 지나쳐야 했고 그 마당가에는 역겨운 냄새가 나는 풀꽃이 잡초처럼 무성하게 한구석을 채우고 있었던 것 같다. 늦가을이었던가. 아니면 초겨울. 지금처럼.

음식이 준비되는 동안, 일행은 세상의 끝이라는 느낌이 들 정도로, 시선이 닿는 한 사방에 아무 불빛도 보이지 않는 강가를 거닐다가 식당으로 돌아왔다. 음식과 술이 조금씩 들어가고 밤이 깊어짐에 따라 그때까지의 흥분되었던 여행의 분위기는 조금씩 우울하고 불안정한 것으로 변하기 시작했다. 세상에서 차단되어 당장이라도 늪에 가라앉아 버릴 것 같은, 개인 집에 방불한 그 횟집의 건넌방에 들어앉자마자 그 이상한 분위기가 누구에게랄 것도 없이

soon as they entered the room where they would spend the night, the strange mood, which didn't seem to have originated in any one of them, spread through them all. It was as if this house was cut off from the world and would sink into the marsh at any moment. It was clear that W, one of the drivers, regretted having come all the way to this place. One of the others kept saying he had to call Seoul, and another complained that he had forgotten an important business meeting the following day and didn't know how to notify the other party. At the time, P was the secret envy of the others because of his upcoming marriage with the daughter of a wealthy family, and although he had insisted on short notice that they take this trip, he had reacted the most irritably when someone raised the delicate question of where they would all sleep. He himself had felt inexplicably hostile toward Hanak'o and her friend, whose expressions hardened as they observed the change in the others.

Perhaps during this trip they had let down their guard to reveal the despondency they all felt after two or three years of life in the real world. Or maybe the combination of the fatigue of daily life, the alcohol, and their long day of travel had trig-

그들 모두에게 퍼지기 시작했다. 운전대를 잡았던 W는 너무 멀리 온 것에 대해 후회하는 눈치가 역력했다. 그중의 하나는 서울에 전화를 걸어야 한다고 반복했고, 누군가는 다음 날로 예정된 중요한 거래처 사람과의 약속을 잊어버렸다고 불평했다. 연락처도 아무것도 가지고 오지 않았다는 것이다. 당시 그들 모두가 은근히 부러워하던, 부유한 집 딸과 결혼을 앞두고 있었던 P는 갑작스러운 여행을 강력하게 주장했었음에도 누군가가 조심스럽게 꺼낸 숙박 문제에 대해 가장 신경질적인 반응을 보였다. 그로 말할 것 같으면, 조금은 굳은 표정으로 그들의 변화를 지켜보고 있는 하나코와 그 여자 친구에 대해 공연히 적개심이 솟았다.

모두들 사회생활을 이삼 년 한 뒤에 생긴, 애써 감추어 두었던 허탈감이 연휴의 여행 중에 무장 해제 되었던 탓일까. 아니면 삶의 피곤과 술과 여행이 기묘한 화학 작용을 일으킨 돌이킬 수 없는 불안감. 누군가가 나가더니, 숙박 문제를 해결했으니 술이나 마시자고 했다. 은행에 들어간 이후로 그들의 모임에 조금 뜸해졌던 친구였다. 그는, 거금으로 주인을 매수해 방 두 개를 빌렸다고 연극 조로 말했다.

gered a strange chemical reaction that caused irreversible uneasiness.

One of them went outside, then returned with news that the lodging question was settled and why not drink some more. This was a friend whose participation in their group had grown infrequent after he started working for a bank. He had given the owner a huge sum, he crowed, in return for a second room.

After that everything went downhill... Seven hours together in the cars had left them with nothing to talk about, and so they sang. Well, it was more like screaming than singing. Like the squealing of pigs. Everyone focused on the two women, who were quietly nursing their drinks and attempting to conceal their puzzlement at the deterioration in the group's mood, and tried to intimidate them into singing. Any pretense at fun and games was over. They all knew that Hanak'o detested being pressured to sing, and in point of fact her singing was terrible. Knowing this, they demanded, half jokingly, half threateningly, that she sing. Hanak'o's friend stood up instead, prepared to sing in her place. But all of them shouted together for Hanak'o. With an awkward smile her friend sat down. But Hanak'o,

그 뒤로는 누구도 예상 못한 방향으로 순식간에 미끄러져 버린 일이었다……. 일곱 시간 이상을 달려온 후라 이야깃거리가 고갈된 그들은 노래를 불렀다. 아니, 악을 써댔다. 돌아가면서 돼지 멱따는 소리로, 그리고 이렇게 변질되기 시작하는 분위기 속에 당혹감을 숨기고 앉아, 조용히 술잔을 비우는 두 명의 여자에게 그들 모두가 집중적으로 노래를 강요하기 시작했다. 그것은 더 이상 놀이가 아니었다. 하나코가 그런 자리에서 노래라면 질색한다는 정도는 그들 모두가 알고 있었고 실제로 그녀는 노래 같은 것은 빵점이었다. 그것을 알고 있었기 때문에 그들은 농담 반, 협박 반 노래를 요구했다. 하나코의 여자 친구가 일어났다. 모두가 입을 모아 하나코의 이름을 외쳐댔다. 하나코의 여자 친구는 그때까지만 해도 쑥스러운 미소를 지으면서 다시 자리에 앉았다. 그래도 하나코는 웬일인지 일어나지 않았다. 그녀의 얼굴 또한 조금은 변했던 것 같다.

누군가가 벌떡 일어섰다. 부르나 안 부르나 내기 하자면서 하나코에게 다가갔다. 그의 악물어진 이가 드러났다. 동시에 하나코 건너편의 누군가가 그녀를 일으키느라 팔을 위로 잡아당겼고 그녀의 친구는 하나코를 거머쥔 그

for some reason, would not oblige them. And there seemed to be a slight change in her expression.

Then someone bolted up. "Who wants to bet me whether she'll sing?" he said, gritting his teeth as he approached her. At the same time someone sitting across from Hanak'o took her by the arms and began to lift her. Hanak'o's friend rose partway, trying to free her. He himself stood and attempted to pull Hanak'o up from behind. Someone threw a bottle against the wall. Someone yelled, just for the sake of yelling. And then someone grabbed the three of them, Hanak'o and the two who were trying to make her stand up, and all three plopped back down to the floor.

He tried to remember how long they had harassed her. No one had tried to put a stop to it. Stop it? You could be sure everyone gladly connived in it. Whether Hanak'o sang wasn't the issue. Her friend's meaningless outcry did nothing to stop them. It wasn't much of a cry anyway, but rather a weak, ridiculous squawk that probably didn't carry outside the room. The scene was one of odd frenzy—pushing and shoving, breaking glass, screaming and shouting—as if they were each in their own way observing a strict method to the collective harass-

손을 떼어 놓으려고 엉거주춤 일어섰다. 그가 일어섰다. 뒤에서부터 하나코를 일으켜 세우기 위해서. 누군가가 술병을 벽에 던졌다. 또 누군가가 고함을 내질렀다. 아무런 뜻도 없는 고함. 그리고 누군가가 잡아당기는 바람에, 하나코도, 그녀를 일으켜 세우려고 몰려든 두 친구도 주저앉았다.

얼마 동안이나 이런 종류의 실랑이가 계속되었을까. 아무도 말리는 사람이 없었다. 말리다니, 단언컨대 모두들 즐거이 엉켜 들고 있었다. 하나코의 노래 따위는 문제도 아니었다. 그녀의 친구가 지르는 고함 따위는 아무런 것도 막지 못했다. 게다가 고함이라야 겨우 방 밖을 나갈까 말까 한, 크지 않은 우스꽝스러운 목소리였다. 그 엉켜 든 실랑이 속에 나름대로의 일사분란한 질서가 지배하고 있기라도 한 것처럼, 각자가 맡은 바 역할을 잘하고 있는 것처럼 보이는 이상야릇한 아수라장이었다. 거친 몸싸움과 깨어져 나가는 유리 조각과 서로에게 짖어대는 그들의 고함. 그들은 그들끼리 걸고넘어지고 있었다. 적어도 그때까지 그들 중의 어느 누구도 진짜 취해 있지 않았다. 취기를 가장하고 있었다. 모두가. 어쩌면 하나코도.

얼마 전부터 일으켜 세워진 하나코와 그녀의 친구의 얼

ment, each playing an assigned role to perfection, all of them now trying to trick one another. It could be said, at that point at least, that none of them was genuinely drunk. They were faking drunkenness, all of them. Perhaps Hanak'o too.

Hanak'o and her friend were standing now. Their faces were pale. Hanak'o's hair, which she wore pulled back, was disheveled and unseemly. Her blouse was twisted to the side. Someone pointed out her appearance and burst into laughter. The laugh was instantly infectious and before long there was a whole-scale frenzy of laughter. It spread even to the two women, who had accepted their punishment, and they laughed in spite of themselves. But their faces were terribly contorted and they might actually have been crying—it was impossible to tell. Laughing hysterically, they picked up their bags. And then their coats. And then, still laughing, they opened the door, admitting the chill night wind and the stink of the weeds, and walked out into a darkness that was several times thicker now. He had no memory of them laughing after that. All that was visible beyond the yard was the long, faint line of the riverbank; only an old, dim light bulb illuminated the yard. By that time the dwindling outlines of

굴은 창백했고, 뒤로 올려진 하나코의 머리는 볼품없이 흐트러져 있었다. 그녀의 상의가 반쯤은 옆으로 돌아가 있었다. 누군가가 그녀의 그런 몰골을 손가락으로 가리키면서 웃음을 터뜨렸다. 그것은 순식간에 모두를 감염시켜서 조금씩 퍼지더니 얼마 지나지 않아 전반적인 광란의 웃음이 되었다. 일종의 벌을 받고 있던 두 명의 여자들에게까지 퍼져, 그녀들 또한 웃음을 참을 수 없을 정도로. 그렇지만 그것은 웃음인지 울음인지 구별이 되지 않는 아주 찡그러진 표정의 웃음이었다.

하나코와 그 친구는 미친 듯이 웃으면서 가방을 집어 들었다. 그리고 벗어 놓은 외투를 집어 들었다. 그리고 여전히 웃으면서, 한밤중의 역겨운 찬바람을 방 안으로 밀어 넣으면서 방문을 열었고, 이미 그사이 몇 배로 두터워진 어둠 속으로 걸어 나갔다. 그녀들이 그때까지도 웃고 있었는지는 기억에 없다. 마당 저쪽으로 긴 방죽 같은 것이 어슴푸레 보일 뿐이었고 빛이라고는 마당을 밝히고 있던 낡은 촉수의 불빛뿐. 그녀들의 멀어져 가는 뒷모습이 점점 더 어둠 속에 검게 풀리고 더 이상 아무런 것도 구별되어 보이지 않았다. 가끔 바람에 뒤집히면서 언뜻 여린 빛을 반사하는 풀잎의 모서리 외에는.

the women had darkened and then dissolved in the gloom. Nothing was distinguishable save the blades of grass that were occasionally turned up by the wind so that they reflected the faint light from the bulb.

They gazed toward the dark expanse where the two women had vanished, but no one ran to call them back. They were all well aware that the women would have to walk for a dangerously long time through the darkness before they found another dwelling or came out on the main road. But they continued their frenzied laughing. They were like wind-up toys, unable to stop. Someone closed the door. They all sank into silence, and when they fully realized what had happened, they drank until dawn. The next day they returned to Seoul in leaden silence.

And this was how Hanak'o had disappeared from their gatherings. It was then, after her name, Chang Chin-ja, happened to come up in their conversation, that she formally became Hanak'o. This use of her nickname resulted from the subtle interplay of two contradictory desires: to speak of her on the one hand, and to refrain from doing so on the other. Although she would appear by that nickname in

모두들 그녀들이 사라진 어두움의 덩어리 쪽으로 시선을 두고 있으면서도, 어느 누구도 그녀들의 위험한 걸음을 되돌리려 뒤따라 뛰어나가지 않았다. 누구나가, 그녀들이 인가를 찾을 때까지 혹은 대로에 나설 때까지는 오래 어둠 속을 걸어야 하는 것을 잘 알고 있었다. 그러나 광란의 웃음을 계속하도록 태엽이 감겨진 장난감 악기처럼 그들은 웃음을 멈출 수가 없었다. 누군가가 문을 닫아 버렸다. 모두가 침묵했고, 무슨 일이 일어났는지 알아차릴 정도로 정신이 깨었기 때문에 다시, 새벽까지 마셨던 것이다.

이튿날 둘, 셋으로 나누어 차를 타고 서울로 올라오는 길은 무겁고 조용했다. 하나코는 이렇게 해서 그들의 모임에서 사라졌다. 그 후, 그들 사이에서 그녀, 장진자가 언급될 때 그녀는 하나코로 명명되었다. 그녀에 대해 얘기하고 싶은 마음과, 그녀에 대해 얘기하는 것을 자제하고 싶은 두 가지의 상반된 욕구가 교묘하게 절충되면서 그런 별명이 붙여졌던 것이다. 가끔 그 별명으로 그녀가 술자리의 객담에 등장하는 일은 있어도, 그날, 모두가 낙동강가로 표류했던 그날, 어둠 속으로 사라져 버린 그림자의 실상에 대해서는 굳건히 침묵했을 뿐이었다.

their idle talk over drinks, they kept a firm silence about the identity of the shadow that had vanished into the darkness that night when they were all adrift along the Naktong.

And now he was lost, as lost as he had been the night of that trip, which had seemed darker because it was unfamiliar. He turned away from the darkness and curled up toward the wall of his berth. Someone passed by quickly in the corridor, whistling a soft, peaceful tune. Loud snoring rose from the seats below. The three empty berths remained unoccupied.

You'll call home as soon as you get to Rome, he told himself. His feelings hadn't changed a bit. "I really feel your absence," you'll tell her. "We'll have to take a family trip to Venice sometime." You'll say that to her on the phone, even if you can't promise it and your voice lacks conviction. Everything will work out. Just like it has so far. But what if the wife says, "It won't work this time. Let's talk. Let's be honest with each other for once." His face wore a sharp scowl as he fell asleep.

Back in Seoul, he arranged a gathering over drinks. As usual, they ended up talking shop, discussing the world situation, and talking about busi-

그날의 밤은, 생소해서 더욱 어두워 보이는 이 여행지의 밤만큼 속수무책이었던 것 같다. 그는 어둠을 등지고 무릎을 오므려 벽 쪽으로 돌아누웠다. 태평스러운 낮은 휘파람을 부르면서 누군가가 복도 쪽으로 빨리 지나갔다. 아래쪽의 좌석에는 요란한 코 고는 소리가 들려오고, 침대는 여전히 세 개가 비어 있었다.

로마에 내리자마자 서울에 전화를 걸리라. 그의 마음은 예전에 비해 한 치도 바뀐 것이 없다고. 당신의 자리가 너무도 비어 있었노라고. 꼭 한 번 아이를 데리고 베네치아에 같이 오자고. 그런 기약 없는, 확신 없는 말을 전하기 위해 전화를 걸리라. 모든 것이 아주 쉽게 이루어지리라. 지금까지 그래 왔던 것처럼. 그렇지만 아내가 이렇게 말한다면. 이번에는 그렇게 할 수 없어요. 얘기를 합시다. 단 한 번만이라도 서로에 대해 솔직하게. 그는 양미간에 깊은 주름을 지으면서 잠이 들었다.

서울에서 그는 저녁 술자리를 마련했다. 그것은 여느 술자리처럼 사업 얘기와 세상 돌아가는 얘기와 이권이 있는 장소에 대한 점검……들로 이루어졌다. 그 또한 J처럼 혹은 P처럼 혹은 다른 누구처럼 이탈리아의 여행과 베네치아의 곤돌라—어쩌면 그토록 유명한 그 도시의 명물이

ness prospects. Like J, P, or whomever, he talked long and loud about the exotic beauty of Italy, the gondolas of Venice (but had that famous attraction ever actually entered his mind?). And then they all got drunk, and as they always did before scattering for the following day's work, they concluded by summarizing the various matters they'd been rambling on about: the world would keep turning; their children were growing so well; they'd get along fine as long as they avoided basic sources of friction with the wives; and maybe the next day they'd be a little bit richer and not quite so tired.

"Don't you know me any better than that?" From time to time Hanak'o's question echoed in his ear, as if spoken by a ghostly voice. But for a vast number of reasons his life was too busy for him to respond to such a question. His business with the Italian firms that provided raw materials for hats flourished, but he never again volunteered for a trip to Rome. He was never able to satisfy all his desires, but because he received promotions in keeping with his age, it was unnecessary for him to go there on business himself. He had more important matters to decide, matters that kept him busy. So busy that

한 번도 그의 의식에 와 닿지 않았을까 — 의 이국적인 아름다움에 대해 침이 마르게 칭찬했다. 그리고 모두들 취했고, 늘 그렇듯이 결론조로 세상이 그런대로 그럭저럭 굴러가고 있으며, 아이들은 잘 크고 아내들과는 근본적인 마찰만 피하면 잘 지내며, 다음 날은 오늘보다 조금 덜 피곤할 것이며, 아마도 조금 더 풍족할 것이라는 정도로 요약되는 이야기들을 주절주절 늘어놓으면서, 그들은 이튿날의 출근을 위해 흩어졌다.

"그렇게 날 몰라요?"라고 전화로 말하던 하나코의 음성은 가끔 유령의 목소리처럼 그의 귓가에 울리기도 했다. 그렇지만 그런 종류의 질문에 대답하기에 그의 삶은 너무 원대한 이유로 분주했다. 이탈리아 모자 원단 회사와의 거래는 끊임없이 번창했지만 그는 이후 한 번도 출장을 자청하지 않았다. 그의 욕구에 비해서는 늘 불충분했지만, 먹어 가는 나이에 걸맞은 위치로 승진해 있었기 때문에 그런 종류의 출장 여행을 직접 할 필요가 없기도 했다. 그는 더 중요한 것을 결정하는 사람이 되었고 그런 일로 바빴다. 아내와 국민학교 입학을 눈앞에 둔 딸아이를 데리고 이탈리아 베네치아로 가족 여행을 도저히 할 수 없

there was no possibility of taking his wife and daughter, who was soon to enter grade school, on a family trip to Venice.

For as long as his business had prospered, his company had regularly received a monthly English-language newsletter in the form of a publicity pamphlet for foreign buyers, issued by the Italian ministry of commerce. Several years had passed since his trip to Venice when one day the monthly copy of the journal arrived with a feature on two Asian women: "Korean Duo Design Chairs With Asian Charm; Interviewed as They Depart for Home." Accompanying the interview was a large photo showing Hanak'o's face and the broadly smiling face of the woman who seemed to be her only friend, a woman he could remember nothing about, not even her name. The interview revealed how the pair had become a unique and highly promising design team, beginning with their chance participation in an international interior design contest sponsored by Italy. There was a brief account of Hanak'o's school days, all of which was new to him. She had been close to them at the time; how and when had she led a life such as this, unknown to them? The interview conveyed a tone of respect

을 정도로.

거래가 활발해지기 시작한 이래, 이탈리아 상공회의소에서는 매년 외국 바이어들을 위한 홍보 잡지 형식의 영어판 상업 정보지를 꾸준하게 그의 회사로 보내왔다. 그의 출장 여행에서 수년이 지난 어느 달에도.

그달의 잡지에는 두 명의 동양 여자를 닮은 커다란 사진과 함께 인터뷰 기사가 실렸다. '동양의 매력을 의자에 담는 한 쌍의 한국인 디자이너, 귀국 전야의 인터뷰'. 이런 제목이 붙은 기사를 대동한 사진 속의 한 명은 하나코의 얼굴이었고, 그 옆의 활짝 웃고 있는 얼굴은 지금은 이름조차 기억나지 않는, 하나뿐인 것 같던 그녀의 여자 친구였다. 거기에는 그들이 우연히 참여한 이탈리아 주최 국제 인테리어 디자이너 대회에서 시작해, 촉망 받는 독창성을 지닌 한 쌍의 디자이너로 독립하기까지의 과정이 대담 형식으로 쓰여 있었다. 바로 그들과 가까이 지내던 시절의 하나코, 하나부터 끝까지 생소할 뿐인, 그녀의 학창 시절의 약력도 소개되어 있었다. 언제, 어떻게 하나코는 그들도 모르는 사이 이렇게 살았던 걸까. 인터뷰 기사는 이 한 쌍의 여인들이 의자 디자인만 고집하는 전문성과, 신체적인 편안함과 감각적인 미를 동시에 겨냥하는

for the pair's single-minded devotion to chair design and to the unique charm of their designs, which aimed simultaneously at bodily comfort and sensuous beauty. The remainder of the feature was taken up with photos and a technical discussion of their designs, along with their plans, and steps they had already taken to open up offices in Korea as well as Italy. The article spoke of the two women alternately as business partners and companions.

Hanak'o's face was angled halfway toward the smiling face of her friend, making her prominent nose even more noticeable.

Translated by Bruce and Ju-chan Fulton

그들 디자인의 독특한 매력에 경의를 표했다. 나머지 부분은 그녀들이 고안한 의자 사진이 곁들여진 전문적인 내용으로, 이탈리아와 한국에 동시에 개점할 그녀들의 사업에 대한 구체적인 절차와 계획을 다루고 있었다. 이 두 여인에 대해 기사는 때로는 동업자, 때로는 동반자라고 썼다.

하나코의 얼굴은, 옆에서 웃고 있는 친구의 얼굴 쪽으로 반 정도 돌려져 있어서 오뚝하게 돋아난 코가 더욱 부각되어 보였다.

『열세 가지 이름의 꽃향기』, 문학과지성사, 1999(1994)

해설

Afterword

그녀는 다른 곳에

박진(문학평론가)

‘코 하나는 정말 예뻐서’ 하나코라는 별명으로 불리던 여자가 있다. 그녀는 K, J, P, W 등 그의 고교 동창들이 어울리던 대학 시절 모임에 종종 함께 하곤 했던 여자다. ‘그 사건’으로 인해 하나코가 그들 곁에서 사라져 버리기까지, 그들은 저마다 자기가 원하는 방식으로 하나코에게 연락하고 그녀를 만나 왔다. 그녀는 그들이 부르면 언제든지 나와 주었고, 때로는 친구처럼 때로는 연인처럼 무슨 이야기이든 귀 기울여 들어 주었다. ‘그 사건’ 이후로 하나코가 자취를 감춘 뒤에도, 가정을 꾸리고 사회인이 된 그들은 여전히 가끔씩 하나코를 떠올리며 화제로 삼곤 한다. 그러던 어느 날 그는 하나코가 이탈리아의 어느 한

She Is Elsewhere

Pak Jin (literary critic)

There is a woman called "Hanak'o" because, of all her facial features, only ("hana" in Korean) her nose ("ko" in Korean) is truly beautiful. As university students, the main male character and Hanak'o often meet with a group of the man's high school friends, K, J, P, and W. Until "that" happens and Hanak'o leaves the group for good, each member keeps in touch with her in his own way. She never refuses their requests to meet and listens to them like any good friend or girlfriend. After "that" occurs and Hanak'o disappears, the friends, now family men and full-fledged members of society, still talk about her every now and then. One day, the main charac-

도시에 살고 있다는 소식을 듣게 된다. 「하나코는 없다」는 이탈리아로 출장을 가게 된 그가 하나코를 만나러 갈까 망설이며 지난날을 회상하는 과정으로 이루어져 있다.

소설은 '미로'와 '안개'의 이미지가 뒤섞인 몽환적인 분위기로 시작된다. 이국적이고 비현실적으로 묘사된 '물과 안개의 도시' 베네치아의 풍경에는 '최면 상태'인 듯 혼돈스러운 그의 내면이 투영돼 있다. 그는 미로 속을 헤매듯이 불분명한 기억들을 더듬어 가면서, 안개처럼 모호한 하나코의 실체를 되살려 내고자 한다. 그들의 관계를 돌이킬 수 없이 망쳐 버린 '그 사건'은 감춰진 비밀처럼 독자의 호기심을 불러일으키지만, 그날의 기억을 회피하고 싶어 하는 그의 심리는 '그 사건'에 대해 말하는 순간을 자꾸만 지연시킨다.

친구들이 합세하여 하나코에게 노래 부르길 강요하고 술기운을 빌어 물리적, 심리적 폭력을 행사했던 '그 사건'은 그에게 내내 불편하고 찜찜한 기억으로 남아 있다. 그 일이 이토록 "되돌아보고 싶지도 않으며, 더욱이 인정하기 싫은" 사건인 이유는 그것이 너무 커다란 실수였기 때문이 아니라 실은 "많은 사실들을 숨기고 있었던 작은 실수"였기 때문이다. 그날의 일은 말하자면, 하나코를 대하

ter hears that Hanak'o lives in a city in Italy. The short story "The Last of Hanak'o" centers on his remembrance of the past, when, on a business trip to Italy, he wonders whether he should see Hanak'o there.

The story begins in a dream-like atmosphere shrouded with fog and full of mazes. Venice, "the city of water and fog," is pictured exotically and unrealistically, reflecting the main character's state of mind, which is described as "hypnotic." The protagonist gropes along his fuzzy memory lane, as if wandering in a labyrinth, and tries to give some clear shape to Hanak'o who is always amorphous like the fog. The event that irrevocably ruined their friendship arouses our curiosity. However, he delays telling the truth because he wants to avoid recalling that eventful day.

It always makes him uneasy to remember the day when the group members ganged up to force Hanak'o to sing and, under the influence of alcohol, subjected her to physical and psychological violence. He does not want to "look back on the event, nor does he even want to admit that it happened." Not because it was such a colossal mistake, but because it was such "a small mistake that hid many

는 그들의 태도가 본래 지녔던 폭력성을 단적으로 드러내 보인 사건이라 할 수 있다.

그들은 하나코와 만나던 동안에도 그녀에 대해 아는 것이 거의 없었다. 하나코의 신상에 관한 기본 정보부터 그녀의 성격이나 바람, 감정 같은 것들은 어느 하나 그들의 관심사가 되지 못했다. 그들에겐 하나코를 통해 얻게 되는 위안과 만족감이 필요했을 뿐, 하나코 자신이 어떤 사람이고 무엇을 원하는지는 조금도 중요하지 않았던 것이다. 그런 의미에서 하나코는 그들과의 관계 속에 처음부터 부재하는 사람이었다. 하나코를 사라지게 만든 '그 사건'은 이 같은 하나코의 부재와 그 관계의 허위성을 새삼 일깨우는 계기가 된다.

하지만 그를 포함한 여러 친구들이 남다르게 이기적이거나 악의적인 인물들인 것은 아니다. 그들은 모두 평범한 사람들이고, 다들 그러듯이 자기 일에 바쁘고 자기 관심사에 충실했을 뿐이다. 그들에겐 하나코라는 다른 존재의 감정과 욕망 등에 주의를 기울일 여력이 없었고, 진정 그녀 자신을 만나기 위해 크고 작은 불편을 감수하거나 기꺼이 자기를 던질 용기가 부족했다(이탈리아에서 하나코에게 전화를 걸고도 그가 결국 그녀를 찾아가지 못한

truths." It was an event that clearly reveals the violence inherent in the group's attitude toward Hanak'o from the beginning.

The group members know nothing about Hanak'o even when they are meeting with her regularly. They are never interested in her family background, personality, dreams, or feelings. All they want is the sense of comfort and content Hanak'o gives them. It doesn't matter at all what kind of person Hanak'o is or what she wants. In this sense, Hanak'o never exists in their relationship with her from beginning to end. The event that makes Hanak'o disappear from the group gives the members a chance to realize her absence and the falseness of their relationship with her.

However, members of this group, including the main character, aren't any more selfish or malicious than other men. They are all ordinary men and like other ordinary men, busy working and pursuing their own interests. They don't have any extra energy to pay attention to the feelings and desires of another person called Hanak'o. Nor do they have the courage to make a sacrifice or tolerate even a little inconvenience in order to meet the real Hanak'o. (Perhaps this is why "he" doesn't go to see

이유도 바로 여기에 있을 것이다). 그와 친구들의 모습은 실상, 적당히 비겁하고 자기중심적인 우리 자신의 모습과 별로 다르지 않다. '그 사건'은 타인을 향한 우리의 자기방어적인 태도와 세련된 무관심, 사소한 배려나 존중의 결핍 등이 얼마나 폭력적일 수 있는지를 암시하고 있다.

그가 아내와의 사이에서 겪는 엇갈림과 불화 역시 같은 맥락에서 이해될 수 있다. 아내와의 관계에서도 그는 적당히 자기를 지키고 '이상적인 가족'의 모습을 연기하느라 서로에 대해 충분히 솔직할 수 없었으니 말이다. 그런 관계들 속에서 이렇듯 우리는 은연중에 타인을 배제하고, 그럼으로써 우리 자신도 결국 소외당하고 있는 것은 아닌지? 「하나코는 없다」를 감싸고 있는 막막한 우울과 고독의 정서는 이 같은 회의적인 질문에서 비롯되는 것처럼 보인다.

그러나 이 소설은 그들이 부당하게 대한 하나코를 가련한 희생자로 묘사하지 않는다. 소설의 결말에서 하나코는 그들의 무관심과 몰이해에도 불구하고, 그들이 알지 못하는 낯선 모습으로, 멋지고 당당하게 자기 인생을 만들어 가고 있었음이 밝혀진다. 잔인하고 일방적인 욕망이 투사된 하나코라는 별명 저 너머에, 그들 눈에 비친 대상으로

her in Italy even after he calls her up). He and his friends are not, in fact, very different from us, cowardly and self-centered. "The event" tells us by implication how violent our impulse toward self-preservation, our refined indifference, and lack of consideration or respect for others can be.

The conflict and discord between the main character and his wife can also be understood in the same light. He and his wife are not honest with each other, busy being selfish as they see fit, pretending to be an "ideal family." Trapped in this kind of relationship, are we not unknowingly excluding others, and eventually alienating ourselves? The gloom and loneliness surrounding "The Last of Hanak'o" seem to derive from our doubts about our answer to this question.

Nonetheless, Hanak'o, though mistreated, is not portrayed as a helpless victim. In the end, she is leading a successful life, looking unrecognizably refined and confident, despite the group's indifference and lack of understanding. Beyond her nickname "Hanak'o," on which their cruel and one-sided desires are projected, and despite their distorted objectification of her, Hanak'o's life is beautiful.

Moreover, she has her old friend by her side—

서의 왜곡된 이미지와는 무관하게, 그녀는 저 스스로 아름답게 존재한다.

그리고 그녀 곁에는 '그 사건'이 있었던 날 그녀와 함께 했던, 그가 이름조차 기억하지 못하는, 그녀의 오랜 친구가 있다. '때로는 동업자, 때로는 동반자'로서 '한 쌍의 디자이너'가 된 이들의 모습은 타인의 자율성을 부인하거나 억압하는 대신에 서로 북돋우고 존중하면서 나란히 함께 걸어가는, 또 다른 관계를 떠올리게 한다. 그런 관계는 타인을 부재하게 만듦으로써 우리 자신을 소외시키는 폭력의 메커니즘보다 부드럽고도 강한 힘을 지니지 않을까. 최윤의 「하나코는 없다」는 관습적인 관계의 폭력성에도 훼손되지 않는 타인의 자율성과, 그런 타인들이 이루어 낸 아름다운 연대에 대한 겸허하고 다정한 헌사일 것이다.

who was with her when the event took place—whose name "he" cannot even remember. As "fellow traders" and "partners in life," "the designer couple" reminds us of a different kind of relationship, one in which people walk side by side, encouraging and respecting each other, rather than denying or oppressing each other's autonomy. Doesn't such a relationship have a softer and stronger power than violence, which alienates the self by obliterating the existence of others? Ch'oe Yun's "The Last of Hanak'o" is a humble and loving paean to the autonomy of others that remains intact despite the violence of conventional relationships, and to the beautiful bond formed among them.

비평의 목소리

Critical Acclaim

언어에 들이는 작가의 각별한 각고는 문체에 엄격한 불문학과 문장 구조에 세심한 번역 문학가로서의 그의 자산과 연계되는 것이겠지만, 특히 그의 서정적인 문장들의 아름다움은 때로 그것을 소설이라기보다는 수상으로 혹은 은유로 읽히게 만들기까지 한다. 「회색 눈사람」(1992)이나 「저기 소리 없이 한 점 꽃잎이 지고」(1988)는 서정적인 문장이 객관적 현실의 고통을 어떻게 껴안아 문학 본유의 정서적 확산 기능을 맡게 되는가를 뛰어나게 보여주는 범례가 된다. (중략) 서술된 고통에서 풍요로움과 아름다움을 경험한다는 것은 배반적이기보다 반어적인 것이다. 참담한 고통에 대한 서정적 반응은 과학주의적 입

The beauty of Ch'oe's lyrical sentences makes her work seem like an essay or metaphor. "Gray Snowman" (1992) and "There a Petal Silently Falls" (1988) are two excellent examples showing how lyrical sentences embrace the pain of reality and effectively perform one of the fundamental functions of literature: the expression of feeling. (omission) Experiencing abundance and beauty through the description of pain gives the reader a feeling of irony rather than betrayal. The lyrical response to pain can be seen as an act of anti-history and anti-realism. However, sublimating harsh reality into rich sensibilities rather than representing it realistically as

장에서는 비역사적이고 반리얼리즘적인 것이 되겠지만, 엄혹한 현실의 무게를 현실적 억압이 아니라 정서의 풍요성으로 꽃피어나게 함으로써, 우리로 하여금, 고통을 통해 사실에 직면한 실제 차원의 대항감을 떨쳐내고 이 삶의 원천적 양상에 대한 근원적인 성찰에 이르도록 만든다. 그것을 우리는 낭만주의적 부정 정신이라고 부를 수도 있을 것이다. **김병익**

그가 1차적인 문학적 질료로 삼고자 하는 대상은 '아프게 사라진 모든 사람'이다. 그것이 대상이 되는 이유는 '그를 알던 이들의 마음에 상처와도 같은 작은 빛'을 남기고 있기 때문이다. '작은 빛'은 달리 말해 기억이라고 해도 좋다. 상처와도 같은 기억을 남긴 원상 역시 상처긴 마찬가지다. 아니 원상은 더 큰 실제적인 1차 상처다. 이 원상의 기억 때문에 살아남은 자는 오랫동안 2차 상처를 보듬고 살아야 한다. 최윤 소설에서 공통된 화제의 하나는 이것이다. 2차 상처를 가진 사람들에 의한 1차 상처 기억하기, 혹은 기억의 회로 찾기다. **우찬제**

여러 비평가들이 작가 최윤의 주제가 다양한 변주를 이

oppression enables us to break away from realistic confrontation through pain, and awakens us to a deeper understanding of the essence of life. We can call this the spirit of "romantic resistance" or "lyrical resistance."

Kim Byung-ik

Ch'oe Yun's primary literary subject is "all those who perish in pain," because they leave "faint light like a wound in the hearts of those who know" them. This faint light can be called memory. Before memory becomes a wound in the heart, there is the original wound, the first wound, bigger and more painful. Because of this original wound, those who survive must live with the secondary wound for a long time. A subject common in Ch'oe's novels is remembrance of the original wound by those living with a secondary one; or the search for the memory circuit that leads back to the original wound.

U Ch'an-je

Many critics argue that Ch'oe Yun deals with a variety of themes; however, this is only a superficial observation. Beneath the surface, Ch'oe is engaged in a fierce intellectual battle with herself, trying to over-

루고 있다고 말하지만, 그것은 표면적인 현상이고 그의 작품 세계 밑바닥에는 작가의 지금까지의 삶이 그래 왔듯이 지루한 일상적인 삶을 극복하려는 자기와의 치열한 싸움이 이지적인 틀 속에서 이루어지고 있다. 그의 데뷔작 「저기 소리 없이 한 점 꽃잎이 지고」는 비록 6·25 이후 가장 비참했던 민족적 비극인 광주민주화운동 사건을 그의 독특한 문체와 상상력을 통해서 형상화하고 있지만, 그 작품의 심층에는 타성에 젖은 일상적인 삶과 일치해서 생각할 수 있는 '검은 휘장'을 찢으려는 작가의 숨은 의도가 차열하게 숨 쉬고 있다.

이태동

「하나코는 없다」는 제목 그대로 타자 또는 집단의 시선 속에서 소외되고 증발되어 버린 한 여성의 존재 상실을 그리고 있다. 여성의 좁은 시각에서 보면 페미니즘의 문제가 될 것이고, 좀 더 넓은 인간의 시각으로 보면 익명성이라는 현대 사회의 문제가 될 것이다. 그러나 하나코는 집단 앞에 놓여 있는 개개의 '나'인 것이다. 하나코가 없듯이 그들 속에서 나는 없다. 그렇기 때문에 이 소설이 감동적인 것은 바로 나 자신(가해자이면서 동시에 피해자인)을 그 속에서 읽을 수가 있기 때문이다.

이어령

come the boredom of everyday life, something she does in reality as well. In her debut story "There a Petal Silently Falls," at least on the surface, the pro-democracy movement in Kwangju (1980), the most horrendous tragedy in Korea since the Korean War, is depicted through Ch'oe's unique narrative style and imagination. Underneath, however, the writer's hidden agenda is very much alive: ripping the "dark shroud" of the mannerisms of everyday life.

Lee Tae-dong

"The Last of Hanak'o" by Ch'oe Yun portrays the loss of identity of a woman who is alienated by, and eliminated from, the consciousness of her friends. In a sense, this story may seem to touch upon feminism, but in a broader sense, it deals with the theme of anonymity in contemporary society. This point can be easily understood if we focus on the fact that Hanak'o is an individual living in a community. If Hanak'o is absent from this community, the "I," the narrator, is also absent. The emotional impact of the story stems from the fact that the reader sees himself in both victimizer and victim.

Lee O-ryong

최윤

작가 최윤(본명 최현무)은 1953년 서울에서 출생했다. 그녀는 초등학교 삼 학년까지의 유년기를 자기 성향의 중요한 틀이 형성된 시기로 회고하며 그 시기를 생의 전성기로 명명한다. 놀이에의 몰입, 수많은 사람들과의 만남, 끝없는 유랑과 여행, 말 재미의 추구, 인간에 대한 부당한 대우나 사회 제도에 대한 제 나름의 판단, 등이 이 시기를 통해 형성되었다는 것이다. 흥미로운 것은, 작가가 이때 만화가가 되기를 꿈꾸었다는 점. 어린 최윤은 만화를 그리기에 알맞게 칸이 쳐진 산수 공책을 대량 구입했으며, 어쩌다가 손에 들어온 일제 톰보 4B 연필은 만화를 그릴 때만 사용했다. 그러나 이 시절의 만화에 대한 애정을 작가는 다음과 같이 정리한다.

"물론 나는 만화가가 안 되길 잘했다. 만화에서 재미있었던 것은 이야기였기 때문에. 나는 가장 비만화적으로 만화를 좋아했다(에세이 「영원히 씌어지지 않을 작품」)."

유년기와는 달리 그녀의 중고교 시절의 학교는 "비본질

Ch'oe Yun

Ch'oe Yun (née Ch'oe Hyŏn-mu) was born in Seoul in 1953. Remembering her childhood until the third grade as the period during which her basic character was formed, she calls it the best time of her life. This was the period during which she was immersed in play, met with numerous people, endlessly wandered and traveled, enjoyed word plays, and formed her own opinion about social system and injustice towards human beings. Interestingly, she dreamt of becoming a cartoonist at the time. As a child Ch'oe bought a multitude of mathematics notebooks because the way they were divided was good for practicing cartoons, and used the precious Japanese Tombo brand 4B pencil only for her cartoon drawing. Ch'oe sums up her love of cartoon in the following words.

"I am of course glad I didn't become a cartoonist. I enjoyed only the story part in the cartoon. I liked the cartoon for the most un-cartoon-like reason

적인 공간"이었으며, 이 시기가 주어진 틀에 대한 거부, 반항 의식이 지배하던 때였다고 고백한다. 그렇지만 문학을 향한 그녀의 애정 또한 이때부터 싹튼 듯, 그녀는 자기만의 독서 생활에 빠져든 것이 1966년 경기여자중학교에 입학하여 도서관 청소를 배정 받으면서부터라고 회고하고 있다. 생애 첫 번째 소설을 쓴 것 또한 중학교 삼 학년 때이며, 이때 쓴 소설은 교지에 발표되었다.

한편으로는 화가가 되고 싶어 사설 아틀리에에 다니기도 했던 최윤은 고등학교에 진학한 이후부터는 "구체적으로 동업자의식을 느끼면서" 국내외 작가들의 작품을 읽으며 기호에 맞는 작가의 작품들을 수집해 읽는 습관이 생겼다.

최윤 스스로 회고하기에 가장 비약적인 지적 성숙을 기록한 시기는 서강대학교 국어국문학과에 진학한 이후의 대학 시절이라고 한다. 대학 진학 이전 작가의 사고가 직관적, 즉흥적, 충동적이었다면 대학에서의 사고는 분석과 실증과 논리에 가까운 것으로, 그녀는 "매일 크는 것을 느꼈"기 때문에 그녀는 반항아, 문제아였던 고등학교 시절과는 달리 대학에선 뒤늦게 "자발적인 모범생"이 된다. 한편 그녀는 대학 생활의 한 시기를 교지 편집에 몰두, 교

("The Work that Will Never Be Written," an essay)."

Unlike her childhood, she feels that her middle and high school years were spent in a "non-essential space," governed by a sense of resistance to and rejection of the establishment. However, this was also the period during which her love of literature was budding and growing. She remembers being totally engrossed in reading after she had been introduced to the school library via cleaning duty. She published her first work of fiction in the school magazine of Kyŏnggi Girls Middle School, when she was a ninth grader.

In high school Ch'oe dabbled in learning art at a private art studio, while developing a habit of collecting and reading the works of her favorite Korean and foreign authors, as if she was their colleague.

According to Ch'oe, she made the biggest leap in her intellectual growth after she entered the Department of Korean Language and Literature at Sogang University. While her thoughts were intuitive, spontaneous, and impulsive before college, they became analytic, positivistic, and logical in college. Ch'oe felt as though she "was growing everyday." She became "a voluntary exemplary student"

지 특집 사건으로 연행되어 짧은 잡범 생활을 하기도 한다. 아마도 이때의 경험이 「회색 눈사람」(1992)에 나오는 무산된 책 출판의 경험이라거나, 후락한 인쇄소의 내부를 그려내는 자양분이 되었을 터. 그러나 작가는 「회색 눈사람」의 주인공 강하원과 자신을 연결 짓는 시도에 대해 "자서전을 쓰는 것이 아닌 바에야, 어떤 소설 속의 인물도 작가의 자전일 수 없다. 비록 작가가 그 인물은 나 자신이다, 라고 말한다고 해도 말이다(에세이 「자전의 경계」)"라며 작가의 삶으로 소설을 이해하려는 태도에 대해 거부감을 표시한 바 있다.

교지 특집 사건으로 인한 취조의 경험이 대학원 진학의 결정적인 계기 중 하나가 되었다고 회고하는 그녀는 대학원에서 발표한 논문 「소설의 의미 구조 분석」(1978)으로 잡지 《문학사상》을 통해 평론가로 먼저 등단한다. 그러나 이후 평론 활동을 지속한 것은 아니고 바로 프랑스로 유학을 떠나지만, 프랑스에서 국문학의 연장선상에서 비교문학을 전공하겠다는 애초의 막연한 계획은 번역된 한국문학 작품이 현지에 없다는 현실적 한계 앞에 좌초되고, 작가는 마르그리트 뒤라스에 대해 학위논문을 쓰는 것으로 계획을 수정한다. 유학 생활 중 가장 큰 사건은 1980년

in college unlike in high school, where she was a rebel and a problem child. She devoted herself to the editing of the school magazine for a while and during this time she was briefly detained because of a special coverage issue. This experience became a source of her fictional descriptions of the publication project that falls apart or of the decaying room in a publishing house. However, Ch'oe rejected the connection between herself and Kang Ha-won, the main character in her story "Gray Snowman," by saying, "Unless one writes an autobiography, no character in a novel can be the author. This is true even if the author herself says that a certain character is herself." She made her debut as a critic by publishing an essay entitled "An Analysis of the Structure of Meaning in the Novel" in *Munhak Sasang* during graduate school. After graduate school, she went to France to study comparative literature. Unfortunately, she could not pursue this plan, as there was no Korean literature translated into French. As a result, she wrote a dissertation on Marguerite Duras. During her study in France, she was heavily affected by the news of the Kwangju Uprising in 1980. While French newspapers were full of articles on Kwangju, Ch'oe "experienced seri-

광주민주화운동에 대한 소식. 프랑스 신문이 광주에 대한 기사들로 뒤덮일 무렵 작가는 "육체적으로 앓았"으며, 억눌려 있던 소설 쓰기에 대한 욕구가 깨어나기 시작한 것도 그때부터라고 한다. 데뷔작인 「저기 소리 없이 한 점 꽃잎이 지고」가 구상된 것도 이즈음. 학위논문 심사가 끝나고 귀국한 이후 그녀는 마침내 1988년 「저기 소리 없이 한 점 꽃잎이 지고」를 발표하며 소설가가 된다. 그녀는 소설을 쓰기 시작했던 귀국 후의 시기를 두고 다음과 같이 쓴다.

"유학 전에 무책임하게 이름을 걸어 놓은 바 있었던 비평가로서의 활동을 시작하기에는, 비평 이외의 다른 언어, 내 존재 상태와 성향에 부합하는 소설 언어에 대한 욕구가 학위 논문과 학교 일로 너무 오랫동안 억눌려 있었다. 어느새 매일 아침 일찍 일어나 나는 소설을 쓰고 있었고, 먼 우회 끝에 나를 되찾으면서 가히 행복했다(18회 이상문학상 수상 소감)."

현재 작가는 서강대학교 불어불문학과 교수로 재직 중이며, 작품 창작과 번역을 병행하고 있다.

ous physical illness" and began feeling a renewed desire to write. It is during this period that she began planning her debut story, "There a Petal Silently Falls." In 1988, after she finished her dissertation, she returned home to Korea and made her literary debut by publishing "There a Petal Silently Falls." he says about the period during which she was writing the story,

"I had my desire for the language of the novel suppressed far too long, working on my dissertation and spending time at school, for me to pick up the language of criticism, which I had tried somewhat irresponsibly before I went to study abroad. Before I knew it, I was getting up early and writing a story. Finally, I regained myself after a long detour and I was truly happy. (From "The Yi Sang Literary Award Address")

Ch'oe is currently a Professor of French Literature at Sogang University, and is writing and translating at the same time.

번역 브루스 풀턴 Translated by Bruce Fulton,
주찬 풀턴 Translated by Ju-chan Fulton

브루스 풀턴, 주찬 풀턴은 함께 한국문학 작품을 다수 영역해서 영미권에 소개하고 있다. 『별사-한국 여성 소설가 단편집』『여행자-한국 여성의 새로운 글쓰기』『유형의 땅』(공역, Marshall R. Pihl), 최윤의 소설집 『저기 소리 없이 한 점 꽃잎이 지고』, 황순원의 소설집 『잃어버린 사람들』『촛농 날개-악타 코리아나 한국 단편 선집』 외 다수의 작품을 번역하였다. 브루스 풀턴은 서울대학교 국어국문학과에서 박사 학위를 받고 캐나다의 브리티시컬럼비아 대학 민영빈 한국문학 및 문학 번역 교수로 재직하고 있다. 다수의 번역문학기금과 번역문학상 등을 수상한 바 있다.

Bruce and Ju-chan Fulton are the translators of several volumes of modern Korean fiction, including the award-winning women's anthologies *Words of Farewell: Stories by Korean Women Writers* (Seal Press, 1989) and *Wayfarer: New Writing by Korean Women* (Women in Translation, 1997), and with Marshall R. Pihl, *Land of Exile: Contemporary Korean Fiction*, rev. and exp. ed. (M.E. Sharpe, 2007). Their most recent translations are the 2009 Daesan Foundation Translation Award-winning *There a Petal Silently Falls: Three Stories by Ch'oe Yun* (Columbia University Press, 2008); *The Red Room: Stories of Trauma in Contemporary Korea* (University of Hawai'i Press, 2009), and *Lost Souls: Stories by Hwang Sunwŏn* (Columbia University Press, 2009). Bruce Fulton is co-translator (with Kim Chong-un) of *A Ready-Made Life: Early Masters of Modern Korean Fiction* (University of Hawai'i Press, 1998), co-editor (with Kwon Young-min) of *Modern Korean Fiction: An Anthology* (Columbia University Press, 2005), and editor of *Waxen Wings: The Acta Koreana Anthology of Short Fiction From Korea* (Koryo Press, 2011). The Fultons have received several awards and fellowships for their translations, including a National Endowment for the Arts Translation Fellowship, the first ever given for a translation from the Korean, and a residency at the Banff International Literary Translation Centre, the first ever awarded for translators from any Asian language. Bruce Fulton is the inaugural holder of the Young-Bin Min Chair in Korean Literature and Literary Translation, Department of Asian Studies, University of British Columbia. He is presently a Visiting Professor in the Department of Korean Language and Literature at the University of Seoul.

바이링궐 에디션 한국 현대 소설 013

하나코는 없다

2012년 7월 25일 초판 1쇄 발행
2022년 1월 30일 초판 3쇄 발행

지은이 최윤 | **옮긴이** 브루스 풀턴, 주찬 풀턴 | **펴낸이** 김재범
감수 Bruce Fulton | **기획** 전성태, 정은경, 이경재
펴낸곳 ㈜아시아 | **출판등록** 2006년 1월 27일 제406-2006-000004호
주소 경기도 파주시 회동길 445
전화 031.944.5058 | **팩스** 070.7611.2505 | **홈페이지** www.bookasia.org
ISBN 978-89-94006-20-8 (set) | 978-89-94006-34-5 (04810)
값은 뒤표지에 있습니다.

Bi-lingual Edition Modern Korean Literature 013

The Last of Hanak'o

Written by Ch'oe Yun | **Translated by** Bruce and Ju-chan Fulton
Published by Asia Publishers | **Homepage Address** www.bookasia.org
E-mail. bookasia@hanmail.net
First published in Korea by Asia Publishers 2012
ISBN 978-89-94006-20-8 (set) | 978-89-94006-34-5 (04810)

바이링궐 에디션 한국 대표 소설

한국문학의 가장 중요하고 첨예한 문제의식을 가진 작가들의 대표작을 주제별로 선정!
하버드 한국학 연구원 및 세계 각국의 한국문학 전문 번역진이 참여한 번역 시리즈!
미국 하버드대학교와 컬럼비아대학교 동아시아학과, 캐나다 브리티시컬럼비아대학교 아시아학과 등 해외 대학에서 교재로 채택!

바이링궐 에디션 한국 대표 소설 set 1

분단 Division

01 병신과 머저리-**이청준** The Wounded-**Yi Cheong-jun**
02 어둠의 혼-**김원일** Soul of Darkness-**Kim Won-il**
03 순이삼촌-**현기영** Sun-i Samch'on-**Hyun Ki-young**
04 엄마의 말뚝 1-**박완서** Mother's Stake I-**Park Wan-suh**
05 유형의 땅-**조정래** The Land of the Banished-**Jo Jung-rae**

산업화 Industrialization

06 무진기행-**김승옥** Record of a Journey to Mujin-**Kim Seung-ok**
07 삼포 가는 길-**황석영** The Road to Sampo-**Hwang Sok-yong**
08 아홉 켤레의 구두로 남은 사내-**윤흥길** The Man Who Was Left as Nine Pairs of Shoes-**Yun Heung-gil**
09 돌아온 우리의 친구-**신상웅** Our Friend's Homecoming-**Shin Sang-ung**
10 원미동 시인-**양귀자** The Poet of Wŏnmi-dong-**Yang Kwi-ja**

여성 Women

11 중국인 거리-**오정희** Chinatown-**Oh Jung-hee**
12 풍금이 있던 자리-**신경숙** The Place Where the Harmonium Was-**Shin Kyung-sook**
13 하나코는 없다-**최윤** The Last of Hanak'o-**Ch'oe Yun**
14 인간에 대한 예의-**공지영** Human Decency-**Gong Ji-young**
15 빈처-**은희경** Poor Man's Wife-**Eun Hee-kyung**

바이링궐 에디션 한국 대표 소설 set 2

자유 Liberty

16 필론의 돼지-**이문열** Pilon's Pig-**Yi Mun-yol**
17 슬로우 불릿-**이대환** Slow Bullet-**Lee Dae-hwan**
18 직선과 독가스-**임철우** Straight Lines and Poison Gas-**Lim Chul-woo**
19 깃발-**홍희담** The Flag-**Hong Hee-dam**
20 새벽 출정-**방현석** Off to Battle at Dawn-**Bang Hyeon-seok**

사랑과 연애 Love and Love Affairs

21 별을 사랑하는 마음으로-**윤후명** With the Love for the Stars-**Yun Hu-myong**
22 목련공원-**이승우** Magnolia Park-**Lee Seung-u**
23 칼에 찔린 자국-**김인숙** Stab-**Kim In-suk**
24 회복하는 인간-**한강** Convalescence-**Han Kang**
25 트렁크-**정이현** In the Trunk-**Jeong Yi-hyun**

남과 북 South and North

26 판문점-**이호철** Panmunjom-**Yi Ho-chol**
27 수난 이대-**하근찬** The Suffering of Two Generations-**Ha Geun-chan**
28 분지-**남정현** Land of Excrement-**Nam Jung-hyun**
29 봄 실상사-**정도상** Spring at Silsangsa Temple-**Jeong Do-sang**
30 은행나무 사랑-**김하기** Gingko Love-**Kim Ha-kee**

바이링궐 에디션 한국 대표 소설 set 3

서울 Seoul

31 눈사람 속의 검은 항아리-**김소진** The Dark Jar within the Snowman-**Kim So-jin**
32 오후, 가로지르다-**하성란** Traversing Afternoon-**Ha Seong-nan**
33 나는 봉천동에 산다-**조경란** I Live in Bongcheon-dong-**Jo Kyung-ran**
34 그렇습니까? 기린입니다-**박민규** Is That So? I'm A Giraffe-**Park Min-gyu**
35 성탄특선-**김애란** Christmas Specials-**Kim Ae-ran**

전통 Tradition

36 무자년의 가을 사흘-**서정인** Three Days of Autumn, 1948-**Su Jung-in**
37 유자소전-**이문구** A Brief Biography of Yuja-**Yi Mun-gu**
38 향기로운 우물 이야기-**박범신** The Fragrant Well-**Park Bum-shin**
39 월행-**송기원** A Journey under the Moonlight-**Song Ki-won**
40 협죽도 그늘 아래-**성석제** In the Shade of the Oleander-**Song Sok-ze**

아방가르드 Avant-garde

41 아겔다마-**박상륭** Akeldama-**Park Sang-ryoong**
42 내 영혼의 우물-**최인석** A Well in My Soul-**Choi In-seok**
43 당신에 대해서-**이인성** On You-**Yi In-seong**
44 회색 時-**배수아** Time In Gray-**Bae Su-ah**
45 브라운 부인-**정영문** Mrs. Brown-**Jung Young-moon**

바이링궐 에디션 한국 대표 소설 set 4

디아스포라 Diaspora

46 속옷-**김남일** Underwear-**Kim Nam-il**
47 상하이에 두고 온 사람들-**공선옥** People I Left in Shanghai-**Gong Sun-ok**
48 모두에게 복된 새해-**김연수** Happy New Year to Everyone-**Kim Yeon-su**
49 코끼리-**김재영** The Elephant-**Kim Jae-young**
50 먼지별-**이경** Dust Star-**Lee Kyung**

가족 Family

51 혜자의 눈꽃-**천승세** Hye-ja's Snow-Flowers-**Chun Seung-sei**
52 아베의 가족-**전상국** Ahbe's Family-**Jeon Sang-guk**
53 문 앞에서-**이동하** Outside the Door-**Lee Dong-ha**
54 그리고, 축제-**이혜경** And Then the Festival-**Lee Hye-kyung**
55 봄밤-**권여선** Spring Night-**Kwon Yeo-sun**

유머 Humor

56 오늘의 운세-**한창훈** Today's Fortune-**Han Chang-hoon**
57 새-**전성태** Bird-**Jeon Sung-tae**
58 밀수록 다시 가까워지는-**이기호** So Far, and Yet So Near-**Lee Ki-ho**
59 유리방패-**김중혁** The Glass Shield-**Kim Jung-hyuk**
60 전당포를 찾아서-**김종광** The Pawnshop Chase-**Kim Chong-kwang**

바이링궐 에디션 한국 대표 소설 set 5

관계 Relationship

61 도둑견습 - **김주영** Robbery Training-**Kim Joo-young**
62 사랑하라, 희망 없이 - **윤영수** Love, Hopelessly-**Yun Young-su**
63 봄날 오후, 과부 셋 - **정지아** Spring Afternoon, Three Widows-**Jeong Ji-a**
64 유턴 지점에 보물지도를 묻다 - **윤성희** Burying a Treasure Map at the U-turn-**Yoon Sung-hee**
65 쁘이거나 쯔이거나 - **백가흠** Puy, Thuy, Whatever-**Paik Ga-huim**

일상의 발견 Discovering Everyday Life

66 나는 음식이다 - **오수연** I Am Food-**Oh Soo-yeon**
67 트럭 - **강영숙** Truck-**Kang Young-sook**
68 통조림 공장 - **편혜영** The Canning Factory-**Pyun Hye-young**
69 꽃 - **부희령** Flowers-**Pu Hee-ryoung**
70 피의일요일 - **윤이형** BloodySunday-**Yun I-hyeong**

금기와 욕망 Taboo and Desire

71 북소리 - **송영** Drumbeat-**Song Yong**
72 발칸의 장미를 내게 주었네 - **정미경** He Gave Me Roses of the Balkans-**Jung Mi-kyung**
73 아무도 돌아오지 않는 밤 - **김숨** The Night Nobody Returns Home-**Kim Soom**
74 젓가락여자 - **천운영** Chopstick Woman-**Cheon Un-yeong**
75 아직 일어나지 않은 일 - **김미월** What Has Yet to Happen-**Kim Mi-wol**

바이링궐 에디션 한국 대표 소설 set 6

운명 Fate

76 언니를 놓치다 - **이경자** Losing a Sister-**Lee Kyung-ja**
77 아들 - **윤정모** Father and Son-**Yoon Jung-mo**
78 명두 - **구효서** Relics-**Ku Hyo-seo**
79 모독 - **조세희** Insult-**Cho Se-hui**
80 화요일의 강 - **손홍규** Tuesday River-**Son Hong-gyu**

미의 사제들 Aesthetic Priests

81 고수 - **이외수** Grand Master-**Lee Oisoo**
82 말을 찾아서 - **이순원** Looking for a Horse-**Lee Soon-won**
83 상춘곡 - **윤대녕** Song of Everlasting Spring-**Youn Dae-nyeong**
84 삭매와 자미 - **김별아** Sakmae and Jami-**Kim Byeol-ah**
85 저만치 혼자서 - **김훈** Alone Over There-**Kim Hoon**

식민지의 벌거벗은 자들 The Naked in the Colony

86 감자 - **김동인** Potatoes-**Kim Tong-in**
87 운수 좋은 날 - **현진건** A Lucky Day-**Hyŏn Chin'gŏn**
88 탈출기 - **최서해** Escape-**Ch'oe So-hae**
89 과도기 - **한설야** Transition-**Han Seol-ya**
90 지하촌 - **강경애** The Underground Village-**Kang Kyŏng-ae**

바이링궐 에디션 한국 대표 소설 set 7

백치가 된 식민지 지식인 Colonial Intellectuals Turned "Idiots"

91 날개 - **이상** Wings-**Yi Sang**
92 김 강사와 T 교수 - **유진오** Lecturer Kim and Professor T-**Chin-O Yu**
93 소설가 구보씨의 일일 - **박태원** A Day in the Life of Kubo the Novelist-**Pak Taewon**
94 비 오는 길 - **최명익** Walking in the Rain-**Ch'oe Myŏngik**
95 빛 속에 - **김사량** Into the Light-**Kim Sa-ryang**

한국의 잃어버린 얼굴 Traditional Korea's Lost Faces

96 봄·봄 – **김유정** Spring, Spring-**Kim Yu-jeong**
97 벙어리 삼룡이 – **나도향** Samnyong the Mute-**Na Tohyang**
98 달밤 – **이태준** An Idiot's Delight-**Yi T'ae-jun**
99 사랑손님과 어머니 – **주요섭** Mama and the Boarder-**Chu Yo-sup**
100 갯마을 – **오영수** Seaside Village-**Oh Yeongsu**

해방 전후(前後) Before and After Liberation

101 소망 – **채만식** Juvesenility-**Ch'ae Man-Sik**
102 두 파산 – **염상섭** Two Bankruptcies-**Yom Sang-Seop**
103 풀잎 – **이효석** Leaves of Grass-**Lee Hyo-seok**
104 맥 – **김남천** Barley-**Kim Namch'on**
105 꺼삐딴 리 – **전광용** Kapitan Ri-**Chŏn Kwangyong**

전후(戰後) Korea After the Korean War

106 소나기 – **황순원** The Cloudburst-**Hwang Sun-Won**
107 등신불 – **김동리** Tŭngsin-bul-**Kim Tong-ni**
108 요한 시집 – **장용학** The Poetry of John-**Chang Yong-hak**
109 비 오는 날 – **손창섭** Rainy Days-**Son Chang-sop**
110 오발탄 – **이범선** A Stray Bullet-**Lee Beomseon**